そこに工場があるかぎり

小川洋子

集英社

そこに工場があるかぎり

企画・編集
平野哲哉

イラストレーション
（カバー・本文）
HONGAMA

ブックデザイン
アルビレオ

そこに工場があるかぎり　目次

細穴の奥は
深い

株式会社エストロラボ〈細穴屋〉
2016年3月取材

東大阪市出身の人が、何気なくこんなふうに言うのを聞いたことがある。

「雨が降ると、町工場から漏れた油で、道が虹みたいに七色に光るんですよ」

いかにも懐かしく、美しい記憶をかみしめている口調が印象に残った。以来、東大阪の地名を耳にするたび、少年が道端にしゃがみ込み、小さな水たまりの中できらめく虹を、一心に見つめている光景を思い浮かべるようになった。

大阪平野の東部に位置する東大阪市は、花園ラグビー場と、世界をリードする技術力を持った町工場が集中していることで有名な町である。車で大阪を走っていて、東大阪に入るとすぐに分かる。雑居ビルともマンションとも一軒家とも様子の違う、間口のさほど広くない建物が密集し、錆色（さびいろ）をした見慣れない形の機械や工具が道路にまではみ出しているからだ。そしてすれ違う人々はたいていてい作業服を着ている。その雰囲気がとてもいい。無機質なほどに完璧に管理された大工場にはない、人間くささが漂い、自らの手で何かを作り出しているその人間の体温が伝わってくる気がする。

　そんな町の一角に株式会社エストロラボはある。最初、地図に示されたとおりの場所でタクシーを降りたにもかかわらず、迷ってしまってあたりをぐるぐる歩き回った。バーナーを片手に溶接真っ最中の人や、郵便局の人に尋ねて元の地点に戻ってきた時、ようやく入口に描かれた小さなマークに気づいた。

〈細穴屋〉

　この屋号がエストロラボの本質を見事に表している。金属に細い穴をあける。ただひたすらに穴をあける。それがお仕事だ。


　中に入ってまず驚いたのは壁が白いことだった。どこも錆にまみれてはおらず、工場特有の騒々しさもない。ただ、一〇坪ほどのスペースに、機械、としか表現の仕様がない冷蔵庫に似た設備が四台と、作業台や机やこまごまとした道具類、今届いたばかりといった様子の段ボールの山などが並ぶ、生き生きとした適度な乱雑さは、私がイメージする町工場そのものだ。わずかに残ったスペースに身を隠すようにして、社員の方々が黙々とお仕事に打ち込んでいた。おそらく穴をあけておられるに違いない。何と言ってもここは細穴屋なのだから。しかしその時点で私は、穴をあけることの本当の意味をまだ何も知らなかったのである。

　まずは作業場の上の中二階で、社長の東山香子さんにお話を伺う。エネルギッシュで、ひたむきで、ごく自然にこちらをリラックスさせてくれる、ざっくばらんな女性である。実は、私が最初に取材をお願いしたいと思ったのは、穴をあけるという一見目立たないただ一つの仕事にこだわっている点に、興味を持ったからなのだが、金属加工の業界で女性が起業するのは大変珍しく、その点で既にエストロラボは数多くのマスコミに取り上げられている。確かに、作業服とはほど遠いお洒落な装いの東山社長にどこか他所（よそ）の場所でお会いすれば、町工場の経営者だとはとても思わないだろう。家業を継いだのでもなく、金属加工に興味があったわけでもないところから、しかも女性だけで工場を立ち上げる。素人の私でもそれがどれくらいユニークなケースであるかは想像できる。そこで技術的な話題に入る前に、まず会社を作った経緯についてお話しいただいた。

「高校生の時、漠然と青年海外協力隊で働きたいと夢見ていました。目指していたのは、マレーシアでの障がい者や女性の社会的地位向上のプロジェクトです。大学で教育学を勉強したり、信楽（しがらき）で製陶業の仕事に就いたりしながら挑戦を続け、試験に合格したんですが、訓練中に病気になってしまい、計画がとん挫しました。病気を治してもう一回挑戦しようとしているタイミングで、ご縁のあった金属製造業に精通したある社長さんから、穴加工の仕事を女性だけでやってみないか、加工機も小さいから女性でも扱えるし、業界に風穴をあけることにもなる、と誘われたんです。最初は中心になる女性の手伝い、という立場だったのですが、途中から急に事情が変わって私が責任者に推され、えっ、という感じでした。海外協力隊に再挑戦する間、会社を作る手伝いをするのもいい経験になる、それくらいの考えでしたから。夢を目指している途中の寄り道みたいな感覚ですね」

それがいつの間にか……

「そうです。ところがその時、知り合いに借りた渋沢栄一の本を偶然読んで、開眼したんです。協力隊に行って自分は何がやりたいのか。人の役に立っていると実感できる仕事がしたい。それは本当に海外でなければ駄目なのか。起業して雇用を増やすことも社会貢献じゃないか、と。ただ、協力隊の夢は刷り込まれているので、なかなか拭い去れませんでした。応募資格が三九歳までなので、それまでは募集要項をチラチラ見ながら、会社に籍を置いたまま行ける方法はないか探ってみたり。でもある時点で吹っ切れました。ここを離れるなんて考えられない現状でもありましたから」

こうして二〇〇六年三月、女性三人で株式会社エストロラボはスタートする。東山社長、三三歳の時だった。

「最初は、金型屋さんがお客さんだよ、と教えてもらって、ああ、そうなんや、というくらい何も知りませんでした。いろいろな工具や備品も全然揃(そろ)っていなかった。恐らくですけれど、女性なので過分に周囲の人たちが助けてくれたんです」

ここでもう一つ大事なのは、女性が働きやすい職場作りを目指した点である。

「私、問題解決が大好きなんです。起業した年は、男女雇用機会均等法ができて二〇年めの節目でした。私自身は独身で全く意識していなかったのですが、周囲を見渡すと、働き続けたいのにそれが叶わない女性が大勢いた。日本って何という無駄遣いをしているんでしょう。読み書き算数が当たり前にできる人たちを活躍させられないんですから。起業することで、この問題解決に取り組んでみよう、これも社会貢献の形の一つだ、と思ったんです」

実際、社長は従業員一人一人の家庭の事情を考慮して勤務時間に幅を持たせ、子どもの成長など状況の変化に合わせてシフトを組み直しながら、同時に在宅勤務の形態も取り入れている。そうした中、女性だけにこだわるのではなく、二〇一二年からは男性も雇用し、社員がお互いを柔軟にカバーし合える環境を整えている。現在、女性役員が二人、社員は六人。また、起業当時は子育てとの両立が一番の課題だったのが、時の経過とともに介護の壁が立ちはだかってくるなど、問題の中身は移り変わっているが、〝問題解決が大好き〟という熱意で立ち向かっておられる。

ものづくりによって利益を出す。エストロラボは、この当然な目的のもう一段深いところに、社会全体に向けた視点を持っている。しなやかでありながらどっしりとした土台に支えられている、と感じる。


「穴は基本中の基本です」

社長は名言を口にされた。まさにそうだ。何であれものを作るのに穴は欠かせない。つなげる、積み上げる、取り付ける、合体させる、回転させる、通過させる、束ねる、組み込む、吸引する、排出する……。単純な形状とは裏腹に、いやだからこそ実に多彩な働きをする。一〇〇円ライター一個だって、穴なしでは作れない。「王様の耳はロバの耳」という少年の声を受け止めるのも、死者を埋葬するのも、やはり穴である。

にもかかわらず普段、人々からはさして振り向いてもらえない。それどころか靴下に穴があいたりすると大いに迷惑がられている。何もない空洞。あるのにない。穴ともともと、主役にはなりきれない星のもとに生まれているのかもしれない。

「車には何万点ものネジが使われています。ネジの溝を切る、タップ加工と呼ばれる加工のための専用工具があります。それで螺旋に削ってゆくわけですが、溝を切る前に下方に穴があいていないと削れないんです。まず、ネジの直径よりちょっと小さい穴をあける。また、航空機関係で使われる炭素でできたカーボンファイバー。これにも専用のドリルがあります。カーボンファイバーの切り粉は厄介みたいで、空気で飛ばしながら加工しなければならない。そのドリルに空気の穴をあける仕事も来ます。あるいは例えば球を星形にくり抜く場合、起点となるワイヤーを通すための穴、スタートホールが必要になります。製品が完成してしまえば影も形もなくなるわけですが、そういう種類の穴もあります」

なるほど、製品になる以前、求める形にたどり着く前段階で役目を果たしている場合もあるのだ。普通人々は完成品にばかり目を奪われる。その陰で、たとえ「よくやった」と褒めてもらえなくても、さまざまな種類の穴たちが健気に頑張っている。

会社概要によれば、事業内容には細穴放電加工、と記載されている。そもそも放電加工とは何なのか。火花のエネルギーによって金属に穴をあけるのである。細穴放電加工機という機械を使い、電極、と呼ばれる加工器具（細長い針金状の棒。耳鼻科や歯科でよく見かける医療用の器具に似ている）から、加工すべき相手に向かって電気エネルギーを加え、その際に発する火花で金属を溶かし、穴をあける。原理は雷と同じらしい。

電極の形によって、型彫り放電加工、ワイヤ放電加工、細穴放電加工の三種類があり、エストロラボでは三つめの細穴を専門にしている。穴の大きさは最小で直径〇・一ミリ（一〇〇ミクロン）まで。深さは穴径の一〇〜二〇〇倍以上。切削でできない領域が加工できる。

飲食業界にたとえれば、アイスコーヒーしか出さない喫茶店みたいなもの、と社長は過去の取材で表現している。高額な設備投資をしてナノやミクロン単位の仕事にまで手を広げず、あくまでもミリの範囲に特化したやり方を取っている。

しかし、溶かすというやり方が意外だった。穴をあけると聞けば錐（きり）でグリグリやるのだろうと勝手に思い込んでいたが、発想が全く違っていた。あける側とあけられる側は最後まで接触しない。お互い触れ合うことのないまま、ただ火花だけを散らしながら相手を溶かし、真っすぐな空洞を残す。強引に錐を突き立てるような野暮な真似はしない。金属の世界でこのような微妙な関係が成り立っているとは、想像もしていなかった。

非接触のおかげで、細くて深い穴を安定してあけることができる。また、硬い金属や、銅、アルミ、チタンなどの非鉄金属、それらがミルフィーユのように重なり合ったものまで、加工できる範囲は広い。

「基本的に金型などよく使われる工業製品は合金です。純正でやることの方が少ないんです。その粘りや硬さのデータを基にして、放電の時にどんな電気を流すか、パルス波形というのをいじって調整します。私たちが使っているのはパイプ電極というもので、それ自体にも穴があいていて、そこから水が出るんです。その水で溶けた金属を洗い流していきます。温度を下げる意味もあります」

ここでもまた、穴をあけるために必要な穴、の登場である。

「溶かしているので、手で触ったら痛いような切り粉が出るわけではありません。水は機械の後ろの方で、フィルターで漉（こ）して精製しながら循環させています。ここでは全部水ですが、油を使う人たちもいます。水はそれ自体電気を通すので、放電したくないところに染みのように放電痕、二次放電とか電蝕とかいわれる痕がついてしまったりするので、それを嫌って油を使うんです。でも、スピードは水の方があります。いろいろ用途に合わせてということですね」

　ここで実際に細穴放電加工機であけた穴のサンプルを見せていただく。手のひらにのる積み木ほどの三角柱。その一辺の中央に小さな、ぼんやりしていたら見逃すような小さな穴が、確かにある。思わず私は、これ、本当にもう穴があいているのですか、と尋ねてしまった。

「はい。貫通させています」

　幅のない、こういう稜線のてっぺんのようなところからでも、あけられるものなのだろうか。

「何ミリと位置を決められれば、どこからでもできます。角度をつけて斜めにあける場合、滑るので絶対にドリルではできません。でも細穴放電加工機があれば大丈夫です。技術的には確立されています。ただ、私たちは機械自体の性能の一二〇、一三〇パーセントを引き出して無理矢理使っているので驚かれるんです。最初の頃は『こんなこと、できるか？』と言われると、全部受けて、成功報酬でお金をもらっていました。するとだんだん、こういう時にはこういう現象が起きるから、こうしないと上手くいかない、ということが分かってきた。いろいろな工夫をして、細かく丁寧な作業を強みにしていったんです。同じ機械を持っている会社が、直径一ミリならできるけれど、〇・三ミリになったらできない。そういう仕事を全国から集めてやっと八人が食べている状態です。以前、『トウモロコシの芯に、穴あけて』というのだけは断りました。『おじいさん、誰に聞いてここに来たんですか』と言ったら、市役所の人に、細穴屋に行けと勧められたらしいです」

　おじいさんはそんなものに穴をあけてどうするつもりだったのだろう。穴の世界は深いので、きっと私には思いもつかない事情があったに違いない。しかし残念ながら、トウモロコシに電気は通らない。

　それにしても三角柱にあいた穴の、何と美しいことだろう。穴を美しいと感じたのは生まれて初めての経験だ。ほんの一点にすぎない入口は正確な位置を守り、何の自己主張もせず、静かに三角柱に馴染んでいる。その奥に、真っすぐ伸びる一直線の空洞を隠している事実など、おくびにも出さない。ネジを受け止めるのか、ワイヤを通すのか、空気を吐き出すのか、どんな役目が与えられようとすぐに対応できるよう、じっと待っている。

「注文は材料と図面がセットで送られてきます。平面の図面から、立体の製品を想像して作業します。それで、あけて、送り返す。なので在庫は持っていません。そういう意味ではサービス業に近いですね。賃加工屋さんです。放電は完全に真っすぐではなく、やはりずれたりするので、誤差の許容範囲がどの程度までなのか、全部図面に書かれています。普通、金属は硬いと思われていますが、実は柔らかいものなんです。温度によってデリケートに伸び縮みします」

　一例としてレンガのような金属の塊と図面のセットを見せていただいたが、いくら二つを見比べても、もちろん私には何が何やらさっぱり理解できない。穴をあけるのは上から下への完全な二次元で、三次元の動きはなく、簡単だと社長はおっしゃったが、図面に書かれたこまごまとした数字や何本もの線を見ていると、とてもたやすい作業だとは思えない。

「例えばファンデーションのケースや、携帯電話のヒンジと呼ばれる蝶番。その精度が日本の製品はとても厳しいんです。カチャッという開け閉めの感覚が気持ちがよくて、壊れにくい。それはピンと穴の隙間が絶妙に計算されているからなんです。オスが一ミリでメスが〇・九八ミリだとすると、さっきの伸び縮みの誤差があって、許容範囲、公差マイナスプラス何ミリまでというのがあるわけです。マイナス公差しかなくて、プラスはゼロ、超えるのは絶対禁止とか、その逆とか。この図面にも、一六プラスマイナス一〇〇分の二、〇・〇二と書いてありますね。私たちが使っている機械の精度では、本来プラスマイナス〇・〇二ミリはできない前提です。そういう仕事を成功報酬型の見積もりを出して引き受けてやっているうちに、ほとんど成功するようになってきたんです。何年もかかって。同じ機械でも他の会社ができない領域を求めている。最後は機械じゃなく、人なんです。彼女たちの手の感覚です。そこが格好いいんですよね」

社長は中二階から、吹き抜けになった一階の作業場で機械と向き合う社員たちに、視線を送った。穴をあけるのは機械だが、材をセットするのは人間である。金属を垂直に置き、基準値ゼロを正確に設定できなければ、いくら〇コンマ〇いくつの誤差にこだわっても意味がない。最初の頃は、穴をあけている時間は読めても、材をセットするのに手間取ってしまい、作業が計画どおりに進まないこともあったらしい。機械を動かすためには、その前にどうしても手作業が必要になってくる。当然ながら機械は、人間の指示したようにしか動けないのだ。

「一〇〇穴あったら一〇〇回、人の手で材を機械にセットしなければいけません。座標の決まった地点まで自分でハンドルで送ってゆく。人がべったりひっついている必要があるんです。三年めくらいに、そこを自動でできる機械を買ったんです。夕方五時にボタンを押したら、夜中動いてくれて、朝、全部できてるみたいなことを夢見て。でも、結構トラブルが多くて安定しませんでした。放電している時のトラブルを検知できないんです。水が出なくなったり。だから何か異常が起きたら止まって終わり。一〇〇穴の品物が二穴で止まっていたりする。結局、人がそばにいないと駄目だったんです。機械は一〇〇〇万円以上したので、ありえへんということで、それを売って、汎用機を二台入れて全部で四台にしました。

　今の若者たちは、一〇代でこの世界に入って一筋にやってきた先輩たちから、手の感触を学ぶチャンスがなかなかありません。かなりな部分を数値化、マニュアル化しようと努力はしています。でも、すごく躓きますね。これは経験するしか無理やろ、というところがあります。このプラスマイナス一〇〇分の二の仕事も、出ている水の具合を見て、音を聴いて、圧力は下げた方がいいとか、上げた方がいいとかやっています。最初の五年くらい、私も成功しないとお金がもらえないので、夜中もずっと機械の前で闇雲にあれこれ試していました。そうするうち、さまざまな現象に出会って、こうなった時はこうするという感覚を培ったのですが、それをきっちり伝授できているかと言われたら……。今は『それは勘だよ』という時代じゃない。熟練工を育てるスピードを短くしないと駄目なんです。すべてにおいてスピードが求められています」

お話を伺えば伺うほど、穴をあけることの難しさが伝わってくる。基本中の基本であるからこそ、妥協できない厳密さが求められ、それでいて自身は目立たない場所に潜んでいる。時には捨て石となって跡形もなく消えることとさえ厭わない。穴がこんなにも複雑なものだったとは……。改めて自分の認識の甘さを思い知る。

ところで先ほどから、一六プラスマイナス一〇〇分の二の穴をあけられるのを待っているレンガ状の金属、これは最終的にどんな製品になるのだろうか。

「分かりません」

あっさりと社長は答えた。えっ、分からないんですか。私はまたしても驚きの声を上げた。

「ほとんど隠されていますから。企業秘密というか。図面が来て、ものを見て、例えば半導体を作るための装置の部品かなとか、航空機関係かな、ぐらいの見当がつくだけです」

完成品を知らされない事実は、穴をあけるという仕事に対する尊敬の念をいっそう強くさせる。穴の持つ潔さがそのまま、仕事ぶりと重なり合っている。一つの三角柱、一つの四角柱、一枚の板を前に、その人の目は穴をあけるべき一点にのみ注がれている。「私がここに穴をあけない限り、飛行機は飛び立てないのだ」などと驕った気持ちに惑わされたり、「ああ、この部品が何万個も組み合わさってぴかぴかの自動車になるんだ」とうっとり自己陶酔に溺れたりもしない。頭の中にあるのは一筋の穴、ただそれだけだ。

いよいよ実際の作業を見せていただく。壁の白色と、中二階の窓から届く光のために作業場は明るい。四台の高速細穴放電加工機が冷蔵庫ほどの大きさしかなく、音も控えめなので、高校の技術室といった雰囲気も漂う。何の印か、機械には手書きで目盛りが刻まれていたりして、どことなく微笑ましい。人と機械が上手く協力し合っている様が伝わってくる。また、電極が収納されている棚も、ホームセンターで買ってきたものに手を加えて作った、といった感じのラックだ。電極は一本一本試験管のようなケースに仕舞われ、蓋にマジックペンで数字が書き込んである。たぶん太さを表しているのだろうが、見た目では区別できない。細穴屋に相応しく、どれもが細い棒だ。

作業場にいて一番耳に残るのは、ジャリジャリという音である。

「それが放電の音です。ウー、というのが機械のファンが機械自体を冷却している音。一番うるさいのは、放電しながら水をかけると言いましたけど、金属が錆びるのを防ぐためにエアガンのようなもので水を吹き飛ばしている音です。放電加工そのものは本当に静かなんです」

レーザー光線でピーッと突き進む、といったイメージを持つのだがどうなのだろう。

「どちらかと言ったらジャンピングして、という感じでしょうか。小刻みなんですね、目では分かりませんけれど」

作業を見せて下さるのは、中学生のお子さんを持つ、ベテラン女性技工士さんだ。先ほどから話題になっているレンガ状の金属を高速細穴放電加工機の真ん中あたり、ステージのようになった部分に載せる。しかしそれだけでは完全な垂直になっていないので、テストインジケーターで傾きを測定し、水平になるよう微調整してゆく。その調整は機械の脇にある二つのハンドルを回しながらするのだが、ほんのわずかそれを回しただけで、インジケーターの針が驚くほど元気よく振れる。最初のうち勝手気ままに暴れていた針が、ハンドルの手加減により、少しずつ落ち着きを見せ、素直になり、目指す目盛りに近づいてくると、怯(おび)えるように震えだす。いよいよか、と思った次の瞬間、再びハンドルが大胆に回され、針が暴れん坊に戻って、また最初からやり直しになる。

　両手と視線と呼吸が一つながりになって、正しい位置を探っている。どんなに針が振れようとも、金属はピクリとも動いているようには見えない。人の目には映らないところで、密かに垂直の戦いが繰り広げられている。正直、私はじりじりしてくる。だいたいもう、そんなところでいいじゃありませんか、と叫びそうになる。しかし技工士さんに一切の動揺はない。頭で理屈をこねる間もなく、ごく自然に指先が反応していると分かる。時折図面に視線を送りながら基点を探り出す表情は、見事に研ぎ澄まされている。

少しずつ緊張が高まってくる。私が余計なところに触ってこれまでの作業を水の泡にしては大変なので、できるだけ身を固くし、息もそっと吐き出すようにする。次の瞬間、とうとうハンドルから手が離れ、ああ、やっとか、と思ったら今度は鉛筆ほどの短い棒を持ち、材を押さえている機械の部分をトントン叩きはじめた。その衝撃でまた針が微妙に変化した。この銅製の棒で、ハンドルでは追いつかない繊細な調整をしているのだ。あるいは、厚さ〇・〇二ミリのアルミホイルを挟んで調節する場合もあるらしい。

「はい」

ようやく技工士さんが、自分で自分にオッケイを出された。

電極は材の上部に取り付けられ、既に出番を待っている。スイッチが押され、機械がスタートする。電極は自身回転しつつ、水を噴出する。ほどなく、火花が散りはじめる。

華々しい火花ではない。線香花火のように慎ましやかで、可愛らしい。絶えずあふれ出る水に反射して、光がいっそう綺麗に映えて見える。金属に穴をあける、などという大胆なことが為されているとはとても思えない。金属とは不釣り合いのはかなさがそこにはある。夏の夜の闇に、パチパチ飛び散って消えていった線香花火が、どうしてもよみがえってくる。

ふと気づくと、金属に穴があきはじめている。そもそもの目的がこれなのだから、驚く必要もないのに、なぜかとても不思議な現象を目にしている気分になる。一点の窪(くぼ)みが少しずつ、慌てず慎重に、奥へ奥へと潜り込んでゆく。電極と金属は一定の距離を保ち、決して触れ合わない。電極の回転も、穴の形成も、想像よりずっとゆっくりしたスピードで行われる。金属はまるでそれが自らの意思であるかのように、穴を受け入れている。この密やかな営みを、火花が祝福している。

その時私は、大変な事実に気づいた。穴が深くなるにつれ、電極が短くなっているのだ。火花とともに、電極は溶けてなくなってゆく。最終的に穴があいた時、それはもう姿を消している。

何という不思議だろう。もちろん理屈が通った話で、魔法でも何でもないとよく分かってはいるが、現実の中にはしばしば、こういう物語的な魅惑が隠れている。電極は消える。穴が出現する。しかしその穴もまた、空洞である。電極の消失と穴の空。マイナスの二乗が、人間の作り出す無数のものにあふれたこの世界を支えている。

偶然判明したのだが、東山社長は私の従妹と小学校時代からの友人だという。社長が奈良に転校した時、最初にできた友だちが私の従妹で、同じカトリックの教会にも通っておられたらしい。穴に引き寄せられて東大阪までやって来て、思いがけず従妹の名前を耳にしたわけである。思いがけないと言えば、取材をお願いする際、以前科学の分野を取材して本にした拙著『科学の扉をノックする』(集英社、二〇〇八年)をお送りしたのだが、その中で取り上げた兵庫県佐用郡のスプリングエイト(ほぼ光速で直進する電子が、磁石などによって進行方向を変えられた際発生する電磁波、放射光を利用した実験研究施設)。この電子を発射させる電子銃の穴をあけたのがエストロラボなのだ。この事実もまた、ある偶然により、スプリングエイトの関係者と東山社長が同席した際、判明したらしい。顔も知らない、存在さえ意識しない者同士が、実は互いに協力し合って科学の最先端を支えていたのだ。

兵庫県の山奥にあるスプリングエイトを取材し、一秒間に地球七周半のスピードで疾走する電子の壮大さに驚嘆している私の傍らで、電子たちはエストロラボがあけた穴から元気よくリングに飛び出していた。そう考えると幸福な気持ちになってくる。自分の生きている世界が、好き勝手に分断されているのではなく、人間の意思を超えたところでちゃんとつながり合っているのだと実感できる。たとえ、穴、という何気ない一言であっても、東山社長とスプリングエイトと従妹と私を密かに結び付けている。

そろそろ失礼する時間が近づいてきた。小さなお子さんを育てている社員の方々にとっては、仕事に区切りをつけて家庭に戻り、工場とは異なるもう一つの役目を果たすべき時だった。見学させていただいた穴あけの作業も、明日にまたがるようだ。

外に出ると東大阪の空は夕暮れに染まっていた。偶然に導かれ、穴の不思議と出会えた一日に感謝しつつ、工場を後にした。

お菓子と秘密。
その魅惑的な世界

グリコピア神戸
2016年7月取材

子どもの頃、岡山駅のすぐ近くに、とある食品会社のお菓子工場があった。その塀沿いの道を歩く時は、いつでも決して平常心ではいられなかった。塀の向こう側で、一体何が行われているのか。体育館よりも広い床を一面に埋め尽くすクッキー生地。ダムの放水のように噴出するソーダ水。妖精の手で一つ一つオブラートに包まれるキャンディー。一度落ちたら二度と這い上がってはこられないチョコレートの底なし沼……。私の頭の中には、色鮮やかな光景が次々浮かび上がってきた。バタバタと羽ばたく想像の翼の音が、聞こえてくるかのようだった。

一つ不思議なのは、なぜかあまりいい匂いがしなかったことだ。確かに甘い香りではあるのだが、お菓子の袋を破った時に感じるうっとりする匂いとはどこか違っていた。もっと圧倒的で、アンバランスで、秘密めいていた。だからこそ余計、胸がかき乱されるのだった。

後年、ロアルド・ダールの『チョコレート工場の秘密』を読んだ時には、まさに私の夢見た世界が繰り広げられていて驚いた。こげ茶色をしたチョコレートの川が、花の咲き乱れる草原の谷間を流れ、堂々たる滝となり、飛沫（しぶき）をあげながら落下して大きな渦を巻く。そう、そう、あの塀の向こう側にあったのも、これなんだ、と思わず叫びたくなった。

ただ、その時にはもうお菓子工場は取り壊され、殺風景な駐車場になっていた。それでもかつて塀の続いていた道を通れば、あの独特の匂いが漂っている気がしたし、目を閉じれば、一生かかっても食べきれないほどの巨大なお菓子の姿をよみがえらせることができた。

今でも岡山へ帰省するたび、「昔、ここにお菓子工場があった」と、一人つぶやいている。もはや駐車場さえ姿を消し、大きなショッピングモールができ、当時の面影は微塵も残っていない。しかし風景が遠ざかれば遠ざかるほど、お菓子工場のイメージはより深く胸に刻まれ、いつしか子ども時代の幸福を象徴する記憶になっている。記憶の中で幼い私は、招待状の入ったチョコレートを引き当て、工場に招待されたチャーリーと同じように、高い塀をすり抜け、他の誰も知らない夢の世界を歩き回っているのだ。

というわけで今回は、長年の夢を実現させるため、神戸市にある江崎グリコ株式会社の工場を見学させていただくことになった。馴染み深いロングセラー商品、プリッツやポッキーやビスコなどを作っている工場で、製造工程を見学しながらお菓子について学べる施設、〈グリコピア神戸〉が併設されている。

三宮から神戸市営地下鉄に乗って約三〇分。終点の西神中央駅は、神戸市の西端に開発されたニュータウンの中心にあり、緑の山を望む丘陵地帯には住宅街が広がっている。グリコの工場があるのは駅の北側に整備されている西神工業団地で、タクシーで走っていると、敷島製パンやモロゾフ、コニカミノルタや川崎重工業などの名前が目に飛び込んでくる。

いよいよグリコの工場に到着してタクシーを降りた時、思わず口をついて出たのは、「何てオープンなんだろう」という一言だった。塀はあるかないか分からないくらいに低く、門は見当たらず、入口は気持ちよく広々と開けている。『チョコレート工場の秘密』に出てくる、世界中でたった五人の子どもしか招待されなかったワンカ氏の工場や、どんなに背伸びをしても中の様子をうかがうことは不可能だった、岡山駅そばの工場とは大違いだった。ただ一つ、ワンカ氏が経営するチョコレート工場との共通点は、美しさである。

「……どうです、美しいでしょう！　工場の部屋は美しくなくてはいけないという主義ですからね！　工場に醜さがあっては、がまんならない！……」

ワンカ氏の言葉がそのまま、グリコにも当てはまっていた。建物は左右対称で安定していながら、両端の円柱に遊び心があり、直線と曲線が絶妙なバランスで全体の輪郭を描いている。ガラス張りになった面に空が映ってブルーに光り、白い壁と相まってさわやかな雰囲気を醸し出している。清潔であるのは当然として、緊張感をはらんだ機能美とはどこか違う、ゆとりが感じられる。やはりお菓子というものが持っている、独自の性質のせいなのだろうか。

さて、今回お世話になったのは、グリコピア神戸の館長、田井英明さんと、広報部の市田拓也さんのお二人。最近のヒット商品、アーモンド飲料の〈アーモンド効果〉をいただきながら、お話を伺った。

田井館長「こちらの工場ができて三〇年、グリコピアは二八年になります。それ以前は見学の希望があると、総務が案内する感じだったんです。しかし、もっと積極的に見学ラインを設け、ちゃんと作っているんだなと分かっていただいて、ファンになってもらう。そういうふうに考え方を変えたのが二八年前です」

今でこそ見学できる工場は珍しくないが、グリコピアはその先達である。

田井館長「でも、我々としてはプレッシャーです。どこからどう見られているか分かりませんから。見学コースが付属したラインは第二製造課と言いますが、そこへ異動になると、ああ、二課だ……、という感覚です。ただ、お菓子の工場ですから、ハイテクではなく、人と機械が融合して一生懸命作っている、という現場をいかに見ていただくかです」

特に子どもに喜びを与えるものなのだから、工場で作られるとはいえ、やはり人間の手の温もりが伝わる製品であってほしい。製造ラインには、その人でなければできない、職人の技が必要な箇所もあるのだろうか。

市田さん「あります。ビスコのビスケット部分の生地は、その日の天候や湿度、ガスの具合によって、ビスコ・マイスターという職人が配合を調整しています。肌感覚で、ちょっと水分、足しておこう、という具合です。その生地でミリ単位の幅のビスケットを焼かなければいけないので、シビアです」

大きさのみならず、焼きむらなく、色もすべて揃えてゆくのは大変な作業だろう。

田井館長「その日、最初に生産を立ち上げる時は、ガスオーブンの温度が安定するまで、時間がかかったりします。例えばプリッツを焼くガスオーブンは、三つの温度帯に分かれています。最初は水分を飛ばすような焼き方をして、そのあと、しっかり中まで火を通し、最後は外側をカリッとさせる。変な焼き方をすると、ポキッと折れずに庇みたいになるんです」

なるほど。ポッキーがポキッと折れなければ、それは大変な事態なのだ。

私たちは今、当たり前の顔をしてプリッツを食べているが、改めて考えてみればあの形には実にユニークなアイデアが詰まっている。食べやすい、手を伸ばしやすい、次々に食べられる長さといい、細さといい、どこか控えめな様子をしている。これ以上ないほど単純な形ではあるが、最初に編み出した人は本当に偉いと思う。更にはそれにチョコレートをコーティングするという、あっぱれな発想。しかもちゃんと指でつまむ分だけはチョコレートをかけず、持ち手として残す心配り。誰でも考えつくようで、実はお菓子の世界にとって、斬新な一歩であったはずだ。

田井館長「何気ないことですが、袋を開けると、当然、チョコレートのついていない方が上になっています。子どもの頃、気が利いてるなと思ったのを覚えています」

日常、そう深く考える必要もなく口にするお菓子に、実はこうした小さな工夫が凝らされている。それに気づくと、なぜかささやかな喜びが味わえる。

レシピは変わっていないのだろうか。

市田さん「その時々の嗜好によって、微妙に変わっています。去年、ポッキーが五〇年めを迎えたのですが、その際には大幅に味をリニューアルしました。今後の五〇年を目指して、これまでのポッキーの中心となるイメージは守りながら、新たな味を追求していこうと考えています」

　いくらロングセラー商品とはいえ、懐かしさと美味しさを両立させるためには、やはり変化が必要なのだろう。遠足には必ず誰かが、ポッキーかプリッツを持って来ていた。ポッキーのチョコレートだけをこそげ取って食べる男の子がいたり、プリッツ占いというのがあって、仲のいい女の子同士、プリッツの両端をくわえ、どの位置で折れるかによって友情の度合いをはかったりしていたのを思い出す。何十年経っても、口にした時、そういうささやかな思い出をよみがえらせたい。いくら美味しくても、記憶を根底から覆すような変化では意味がない。変わっていないようで実は変わっている。無数の人々の記憶とともにあるロングセラーを守ってゆく難しさが、お二人のお話から伝わってくる。

商品ばかりではない。道頓堀にあるあの有名な看板も、実は一年半前、六代目に変わったらしい。時代の流れを受けて、ＬＥＤになったのだ。

ところで、先ほどからいただいているアーモンド効果、とても美味しい。アーモンドの香りが程よくして、上品な甘みがある。

市田さん「これを開発した経緯なんですが、チョコレートを作る過程に、カカオ豆を細かく砕くグラインダーという機械があります。アーモンドは細胞膜が硬く、そのまま食べてもせっかくの栄養を吸収しづらいんです。でも、このグラインダーに通すと、その細胞膜を崩すことができます。元々ある技術に新たなものを上乗せして開発した商品です」

日々、ロングセラー商品を作りながら、ある時、思いも寄らない新しい展開が拓ける。お菓子も小説も、どこか似ている気がする。

アーモンド効果を飲み干したところで、いざポッキーの製造現場へ向かった。製造ラインに沿って真っすぐに伸びる、片側がガラス窓になった、一〇〇メートルもの廊下が見学コースである。そのガラス窓の向こう側でまさに、着々とポッキーが作られている。

工場は想像よりずっと広い。人の姿が小さく見える。機械はとても大きく、複雑な形をしている。モスグリーンに色付けされたそれらは、さまざまな付属品やレバーやボタンを持ち、どこからどこまでが一工程か判然としないほど入り組んでつながり合いながら、広大なスペースを占拠している。もしここがお菓子工場だと知らなければ、重工業製品を作っていると勘違いしてしまうかもしれない。

しかし、ゆっくり目を凝らして観察するうち、すぐに私の第一印象は覆されることになった。

田井館長「ここではポッキーの軸を作っています。ポッキー用のプリッツ、と言った方が分かりやすいかもしれませんが、ポッキーの軸とプリッツは実は全くの別物なんです。最初に〝原料混合器〟で小麦粉、油脂、砂糖などを二〇分ほど混ぜ合わせ、ドウシュレッダー、ドウというのは練り上げたもの、という意味ですが、そのシュレッダーで生地をカットします」

まず何よりポッキーの軸とプリッツの味が違う、というのに驚き、今度、意識して食べ比べてみようと密かに決心する。

そうこうしている間にも、カットされた生地がベルトコンベヤーに載って次々と流れてくる。この段階では大きさはまだ不統一で、両手で抱えられるくらいの塊もあれば、ポロポロとした欠片（かけら）もあるのだが、その不揃いな感じが初々しくて好ましい。自分がこれからポッキーの軸になるのだ、などとは気づいてもおらず、長い旅は始まったばかり、といった高揚感に包まれている。

田井館長「次に成型ローラーに入ります。ここで生地を、厚さ五ミリの長い平板状に伸ばしていきます。ローラーの手前、逆方向に戻ってゆく別ルートのコンベヤーがありますが、あれは平板にカットした時余った、端の部分です。無駄をなくすために、もう一度混合器の方へ逆戻りしているんです」

自分でもクッキーを焼く時、型抜きをして余った生地は、もう一度こね直して使うが、いくら規模が大きくなっても発想の根本は変わらないらしい。生地の端っこたちには、つい さっき意気揚々と原料混合器を出発したばかりなのに、早くも逆戻りしているのを恥ずかしがるような、あるいは、皆の流れに逆らって、妙に目立ってしまっているのを申し訳なく思うような風情がある。つまり、ラインが表情を持っているのだ。そこが重工業製品とは様子が違っている。生活に密着するどころか、口に入れるものだから、製品の形になる前の段階から、自分の感情をつい重ねてしまいがちになる。

田井館長「分かりやすく言いますと、うどんを作る機械と一緒なんです。小麦粉を混ぜてこねて、伸ばして細く切る。最初はうどんの機械をヒントにして、それを進化させていったんです。成型ローラーの中は見えませんが、あの黒くなっているあたりにカッターがあって、一本一本細く切り分けています」

寸分の狂いもなく細く切り分けられた生地は、完成品に至る途上にあるにもかかわらず、既にそれだけで一つの完全な美を表現している。もはや未成熟な塊だった頃の名残はどこにも見られない。一本一本、全員がお利口に整列し、真っすぐに前を向いている。ポッキーがポッキーになる以前、こんな形を成しているとは誰も想像できないだろう。

よく見ると、その長い長い一本一本に、きっちり同じ長さで筋が入っている。切断されているわけではなく、あくまでも筋、溝、のようなものである。その間隔が恐らくポッキーの長さになっているのだろうが、筋の果たす役割はのちに明らかになる。とにかく、彼らはここからオーブンに入ってゆく。

田井館長「先ほども話に出ました、これがガスオーブンです。一二五メートルあります。焼きながら流していっています。その速度と温度で焼き具合を調整しています。焼き時間は約四分です」

オーブンの中は見えないのだが、たった四分経っただけで、彼らの姿は再び激変する。焼き目がつく。ただその一点により、一気にお菓子になり、美味しそうになる。

田井館長「ポッキーやプリッツをよく見ていただくと、米粒みたいな焼き目がついていると思うのですが、あれは、ベルトコンベヤーのメッシュの跡です。最初から模様を入れるためにメッシュにしたのではなく、たまたまそうなったと聞いています。五〇年以上前の話ですが……」

確かに網目模様が入っている。このちょっとした工夫が、よりこんがりと美味しそうに見せるための役割を果たしているとするなら、簡単に折れる細い棒が隠し持っている世界は、とてつもなく奥深い。

オーブンから出てきた彼らを待ち受けているのは、小さな谷だ。コンベヤーが緩やかに斜めになっている。そこへ差し掛かった時、長い一本の棒であった彼らは、あらかじめつけられていた筋のところで、何の抵抗もなく、素直に折れてゆく。

田井館長「筋目の通りに、自重で折れます。自分の体重で……」

自重という言葉を、私は生まれて初めて耳にしたが、彼らの様子を見ればすぐにその意味は理解できた。カッターの刃で強引にガシャンと切られるのではなく、これが自然の摂理なのだと得心して、定められた長さに自ら折れてゆく。「はあー」と思わず感嘆の声をもらしてしまった。もちろん、最も称えられるべきは、このやり方を発明した人だ、とよく分かっている。外からの力を加えたら、本来の位置ではないところで折れたり、割れたりして無駄が増えるのだろう。ここへ至るまでには、谷の角度やコンベヤーの速度や筋の深さに関して、きっといろいろな試行錯誤があったはずだ。しかしなぜか私には、彼ら、つまりポッキーの軸たちが自発的に谷へ落下しているように思えてならない。

「皆さんが望んでおられるのは、つまりこういうことですね？　ええ、よく承知していま す。どうぞご安心下さい」

そんなふうにつぶやく彼らの声が、ガラスの向こうから聞こえてきそうな錯覚に陥る。

同じ長さに揃った軸たちは、更にコンベヤーに載って運ばれてゆく。

田井館長「次は、検品しながらアルミの箱に入れる、という作業になります。チョコレートをつけるために、一旦冷まさなければいけないんです。まだ温度が高く、サクサクした状態にあるので、慣れた人間がやらないと折れてしまいます。簡単にやっているようですけれども、あれができるまでには、ちょっと時間がかかります」

ここでようやく、人間の働きが目に見える形で現れてくる。コンベヤーの最後、ここから先はもう何もない、という地点に女性が一人立ち、次から次から流れてくるポッキーの軸をL字形の銀色の板でごっそりとすくい上げ、トントンと軽く底を叩いて向きを揃えると、現金輸送に使うジュラルミン製の箱のようなものの中へ、滑り込ませてゆく。そうしながら同時に、もう片方の手で、気になる軸を取り除く。

文字にすればわずか数行の話だが、かなりのスピードで待ったなしに流れてくる無数の、しかも折れやすい軸を相手に、これだけの作業をするのはかなり大変だと思われる。女性の動きには一瞬の隙もない。一瞬でももたもたしていたら、たちまち軸たちはベルトコンベヤーからこぼれ落ちる。細かい動きの一つ一つすべてに意味があり、それらが滑らかに連合して一続きの軌跡を描いている。各ポイントでは常に的確な力加減が保たれ、視線は鋭く軸たちに注がれ、たとえ一本の不具合でも見逃さない。そこには大胆さもあれば、繊細さもあり、鋭さもあれば、柔らかさもある。

すくい上げる、揃える、入れる。すくい上げる、揃える、入れる……。永遠に続くのかと思わせるこの一連の動きに、私は見とれてしまった。いくら見ていても飽きなかった。人の手は、私が考えるよりずっと偉い。

ならば、機械は人に劣るのかと言えば、決してそうではない。田井館長が、人と機械が融合して一生懸命作っている、とおっしゃっていたが、その言葉どおり、機械も頑張っている。中でも最も印象的なのは、梱包(こんぽう)のラインで働いている〝パラレルロボット〟だった。これは小袋に分けて包装されたプリッツ、ポッキーを、箱詰めする前段階で、二袋ずつセットにしてゆく機械なのだが、目にもとまらぬとはまさにこのことか、というスピードで動いている。二本のアームを使い、流れてくる小袋をつかみ、一箱のサイズに区切られたスペースへ置いてゆく。強く握りすぎて商品を折ることもなく、加減しすぎて袋を落とすこともない、絶妙の力を発揮している。コンベヤーの流れが速すぎて、時折間に合わないこともある。けれどパニックに陥ったり、やけを起こしたりはしない。ただひたすら、黙々と与えられた作業に没頭している。小袋に触れる瞬間の動きを見ていると、彼が(勝手に男の子だと決めつけている)、お菓子に対してどれほどの愛情を感じているかが分かる。その健気さに、心打たれる。

田井館長「今日は緑のランプが点(つ)いているので、絶好調ですね。調子が悪くなると、黄色になったり赤になったりするんです。ちょっと見て下さい、の合図ですね」

確かに緑のランプが晴れやかに点っている。だからこそ余計に、心配になったりもする。

「無理しなくていいのよ」

と、つい声を掛けたくなる。


銀色の箱に入って、一日から二日、冷めるのを待つポッキーの軸。そこから当然、チョコレートをかける工程に入る。しかしそのやり方は絶対の秘密、という噂は以前から耳にしていた。

市田さん「あそこは、開かずの扉です」

噂は本当だった。見学ラインから一番遠い奥に、天井まで区切られた一角があり、チョコレートがけはそこで行われているらしい。限られた人以外、あそこへ足を踏み入れることはできない。田井館長も市田さんも、その製法は知らないとおっしゃる。（本当だろうか？）

田井館長「以前、吉本のある芸人さんが来られまして、やはりあそこに一番興味を持たれ、たぶん〇〇〇みたいな感じでやるんじゃないかと思うんですよね、と言いながら、パッと私の顔色をうかがっていました。いやいや、分かりません、と答えました」

選ばれた人しか入れないあの扉の向こうでは、チョコレートと軸がどんな位置関係で、どんな動きで絡まり合っているのか。ポッキー完成まで、一体何が行われているのか。たぶん、自重によって正しい長さに揃ってゆくあのやり方と同じような、純粋な驚きが隠されているに違いない。

お菓子と秘密。何て魅惑的な組み合わせだろうか。実は今回、取材をお願いした際、「『チョコレート工場の秘密』のような雰囲気とは、ちょっと違うのですが……」と心配して下さっていたのだ。いえ、いえ、とんでもない。グリコの工場は、ワンカ氏の工場に引けを取らないファンタジーにあふれている。いつしか私は、岡山のお菓子工場の塀を見上げていた頃の自分に戻り、ポッキーの心臓部、許された人以外決して入れない扉の向こうの景色を、胸に思い描いていた。

グリコピア神戸には工場見学のルートとは別に、グリコの歴史を振り返ったり、お菓子についての知識を学んだりできる展示スペースがある。何と言ってもここで取り上げておくべきは、グリコのおもちゃコーナーであろう。グリコと言えば、キャラメル本体の箱の上にくっついていたあの小箱。誕生日とクリスマス以外、おもちゃなど滅多に買ってもらえなかった昭和の子どもの私にとって、〝グリコのおまけ〟は貴重な遊び道具だった。

私はずっと、グリコのおまけ、と呼んでいたが、これは間違いで、〝グリコのおもちゃ〟が正式な呼び名であるらしい。江崎グリコの創業者、江崎利一氏は、「食べることと遊ぶことは子どもの二大天職である」との考え方を提唱していた。グリコーゲンから作られたグリコが子どもの体を作り、おもちゃが心を育む。つまりこの二つは平等の両輪であって、あの小箱の中身は単なるおまけ、付け足しではないのだ。

驚くべきことに、展示コーナーには昭和初期の発売当時から現在まで、約二六〇〇点、すべてのおもちゃがずらっと壁一面に揃っている。

田井館長「題材は時代背景を映し出しています。材料もセルロイドや木、プラスチックと、その時手に入るものによって移り変わってゆきます。昭和二〇年代ですと、例えば、のらくろや兵隊や荷車……。四〇年代の頭に男の子用、女の子用に分かれました。スーパーカーブームが来たり、ドラえもんが人気になったり……。これが個人のものでしたら、鑑定番組に一度、出してみたいくらいですけれどね」

乗り物関係、装飾品、おままごとの道具、カード、人形、動物……。挙げていけばきりがない。どれも小さく、ささやかなものばかりだが、一つとしてお座なりな品はない。細部まで丁寧に作られ、それぞれが独自の世界を持っている。私が一番お世話になっていただろう、昭和四〇年代の半ばあたりを見ると、一気に記憶が呼び覚まされる。弟が大事にコレクションしていた、プラスチックの車。車輪がちゃんと動いて、それだけでも弟は大喜びだった。口で「ブーブー」と言いながら、障子の敷居を端から端まで、飽きずに何度でも走らせていた。

ふと視線を移すと、おもちゃコーナーの隣にあるショップのテーブルに、男の子が一人、座っているのが目に入った。両手には、買ってもらったばかりのポッキーが一本ずつ握られ、今まさにかぶりつこうとしているところだった。これさえあれば、大丈夫。あとは何の心配もいらない、という満足そうな笑みが、顔中に広がっていた。グリコのおもちゃで遊ぶ弟の幸福な姿が、男の子の笑顔に重なって浮かび上がって見えた。

引用　『チョコレート工場の秘密』
（ロアルド・ダール著、柳瀬尚紀訳、評論社、二〇〇五年）

丘の上で
ボートを作る

桑野造船株式会社
2017年6月取材

人類が初めて作った乗り物は、たぶん舟だったのではないかと思う。筏(いかだ)、ボート、カヌー、いろいろと呼び名はあるだろうが、とにかく、水に浮かべて移動できる乗り物だ。

その初めての人は、海か川か湖へ、どうしても出て行かなければならない事情を抱えていた。もっと食料が必要だったのだ。水中にはたくさん魚がいるし、向こう岸に渡れば、美味しい木の実がたわわに実っている。あるいは敵対する相手との争いに敗れ、その地を追われ、やむなく移動しなければならなかったのかもしれない。

しかし私は、はっきりした理由はなかった、という空想に心を奪われる。目の前に広がる水の向こうには、一体何があるのだろう。ふと、そう思い立った誰かがいた。食べ物や土地や、目に見えるものではない、漠然として神秘的な、だからこそ自由にあふれた何かのため、危険も顧みず、その人は水面に漕ぎ出した。以降、その人の姿を目にした者は誰もいない……。

　こんなふうに想像を巡らせていると、舟はやはり、特別な乗り物なのだと思えてくる。以前住んでいた家の近くに運河があり、毎日ほとりを犬と散歩していたのだが、しばしばボート競技の練習をしているのを見かけた。ボートが目に入ると犬は立ち止まり、いつまでもじっと見つめていた。真っすぐな軌跡を水面に引きながら、夕焼けに向かって進んでゆくボートの姿が見えなくなるまで、犬と私、一緒にその場に立ち尽くしていた。

　ただそれだけの光景になぜ引き寄せられたのか。もしかしたら、水上に初めて漕ぎ出した先祖の勇気に対する畏敬の念と、自分も危険の先にある見えない自由を味わってみたいという憧れが、無意識のうちに湧き上がっていたのかもしれない。

　今回、桑野造船株式会社に見学をお願いしたのは、夕方のニュース番組で工場が紹介されているのを偶然目にしたからだった。

「ああ、そうか。この世には、ボートを作っている人がいるんだ」

　当たり前の事実を、なぜかしみじみとかみしめていた。ボートを漕ぐ人に注目することはあっても、それを作った人にまで思いが及んでいなかったのに気づいた。ボートを見るたび感じてきた畏敬と憧れの正体が、工場の現場に隠されているのではないか。そんな思いを胸に、琵琶湖の近くにある会社へお邪魔したのだった。

琵琶湖の近くとは言っても、工場は水辺ではなく、丘の上にあった。ＪＲ湖西線の堅田(かたた)駅から北西方向へ車で一五分ほど走ったところにある工業団地の一角で、どんなに目を凝らしても琵琶湖は見えず、建物の外見は、まさかここでボートが作られているとは思えないくらいにシンプルである。工場特有のざわめきがなく、むしろ黙々とした雰囲気に包まれている。

まず事務所棟でお話をして下さったのは、小澤哲史社長と、財務・開発担当の今村拓也さんのお二人。小澤社長は胸板が厚く、いかにもボート選手の体格とお見受けしたが、まさにそのとおりで、広島皆実高校漕艇部からスタートし、広島代表として国体に三度出場している。現在は日本ボート協会の公認マスターコーチとして、協会の活動にも尽力されている。

今村さんは滋賀県のご出身。せっかく琵琶湖のある滋賀県の高校に入学したのだからと、ボート部の試乗会に参加したのがきっかけで入部。その時以来、コックス（舵手）を務めている。漕手よりも選手寿命が長いため、四〇歳台の現在でも第一線の選手であり、同時に滋賀大学漕艇部と障がい者ボートのコーチでもいらっしゃる。つまりお二人とも会社の立場とは別に、ボートの世界での肩書をいくつもお持ちなのだ。

あらかじめご用意下さった概要によると、桑野造船株式会社は競漕艇（競技用のボート）を製造している国内唯一のメーカーで、創業は一八六八年（明治元年）。浜大津の船大工さんを前身とする、大変に長い歴史を持つ会社である。現在の社員、一五名のうち、一〇名が競技経験者。競漕艇の製造以外に、整備や修理、海外製品の輸入、試合会場でのメンテナンス、コースの設営、艇庫の設計、その他、造艇技術を活用した他分野の業務も行っている。

さて、ここでずっと気になっていた疑問を一つ投げかけてみた。ボートとカヌーはどう違うのだろうか。

「進行方向に対し、ボートは後ろ向きに座り、カヌーは前向きに座ります」

小澤社長の答えがあまりにも明快だったので、「なるほど」と大きな声が出た。漕ぎ手の視線から見て、カヌーは前進し、ボートは後退する。後ろへ進むことの発見が、つまりはボートの起源になった。

小澤社長「後ろ向きになって、オールの中間を支点にして漕いだら、もっと速く進めると気づいたんでしょうね」

今村さん「ゴールに背を向ける唯一のスポーツではないかと思います」

常識とは全く逆の発想から生まれた乗り物なのだ。一見、単純な競技であるにもかかわらず、どこかしら神秘的な魅力を発しているのは、このあたりに秘密が隠れているからだろう。

ちなみに桑野造船ではカヌーの修理は行っているが、製造はあくまでもボートがメインになっている。

　ボート競技としての起源は、一六世紀のイギリス、テムズ川にあり、舟で荷物や人を運ぶ人々の間で、自然発生的にお金を賭けてスピードを競うようになったのが、だんだんと洗練されていったらしい。日本で大学に漕艇部ができ、競技が盛んになりはじめたのは一八七七年（明治一〇年）頃からで、最初に日本に入ってきた船来スポーツとして人気が高まっていった。ちなみに夏目漱石も学生時代、ボートを愛好していた。この時期、桑野造船でも滋賀県師範学校や第三高等学校（現・京都大学）の競漕艇を建造している。オリンピック種目になったのは男子が一九〇〇年（パリ大会）、女子はかなり遅れて一九七六年（モントリオール大会）からである。

　ここで主な種目と艇の種類をまとめておきたいのだが、これが案外ややこしく、改めてボート競技の奥の深さを思い知らされることになる。まず、漕ぐ人数で分類すると、一、二、四、八と、倍々に増えてゆく。また、オールにはスイープとスカル、二種類があり、スイープは漕手一人が一本のオールを両手で握り、ボートの片側を漕ぎ（ボートの左右で別の人が水を掻(か)くことになる)、スカルは一人が二本のオールを持ってボートの両側を漕ぐ。スイープオールの方がスカルオールよりも長い。更には、コックスがいるか、いないかにより、ここでもまた二手に枝分かれする。つまり人数、オール、コックス、こうした要素の組み合わせにより種目が構成されてゆき、それに合わせて艇の大きさも変わってくる。

例えば、当然ながら最も大人数で最もスピードが速い種目はエイト。漕手八名にコックス一名が乗り込み、八本のスイープオールを操る。艇の全長は約一六メートル、重量は九六キロ以上。漕手には艇首側から順番に1~8の番号がつき、最後尾にコックスが座る。尚、艇上では漕手を名前ではなく番号で呼ぶらしい。

小澤社長「それは安全上、全員が誰でも一定の迅速な認識・動作パターンを形成するために重要なことなのです」

なるほど、小さな舟にもちゃんとルールがあるのだ。のちのちのお話にも出てくるが、安全は常に最優先項目である。

では、どんな特性を持った選手がどの番号に座るか、常識的な作戦はあるのだろうか。

小澤社長「一般的には真ん中の四人をエンジンと考え、強い人を配置します。エンジン・フォアという言い方をしたりします」

今村さん「艇は端っこの方が細いので、揺れが大きくなり、漕ぐのが結構難しいんです。だから経験豊富な、技術の高い人が1番（進行方向の先頭、コックスから最も遠い位置）に座り、コックスの見えないところをフォローします。漕ぎながら指導もします。コックスと向き合う8番は、整調と呼ばれ、皆、この人に合わせて漕ぎます」

指揮者がいて、バンドマスターがいるようなものだ。そしてエンジンの四人は、指示に従ってひたすら力一杯に漕ぐ。

一方、唯一の個人種目はシングルスカルで、文字通り一人がスカルオールで漕ぎ、艇の全長は約八メートル、重量は一四キロ以上となる。しかし面白いのは、一人で漕ぐからと言って一番遅いか、というとそうではなく、舵手つきペアのスイープの方がスピードは出ない。

では、一番難しい種目は何だろう。

小澤社長「舵手なしペアです。これはスイープの種目なので、片方に一人一本のオールが出ています。もう一人が反対側、それだけなんです。これできちんと左右、上下の動きを合わせ、バランスを取るためには、繊細な技術が必要になってきます」

確かに写真を見ると、左右、一本ずつのオールの間に妙に距離が空き、心もとない印象を受ける。同じ二人でも、ダブルスカルなら一人二本ずつ、計四本のオールがきれいな三角形を描いて、いかにも安定して見える。

八人の集団で行動する時は、お互い適度に空気を読み合って丸くおさまるのに、夫婦二人になると途端に自己主張が激しくなり、衝突が起きて離婚に至る……。こんなイメージを持つのは失礼だろうか。

まだまだ競技について伺いたいことはたくさんあるのだが、工場見学をしなければ何もはじまらないので、ここでひとまずボートが作られている現場へ移動する。動線の関係上、作業別に区切られている部屋のうち、完成品に近いところから、さかのぼって見学することになった。

しかし最初の作業場へ向かう途中に通った部品の倉庫で、早くも足が止まってしまった。日常生活には見られない新鮮な驚きを持った品々があふれていたのだ。中でもやはり、最も目を惹かれたのは、オールである。長い。とにかく長い。人間がこれを手に持って自在に操作できるとは、にわかには信じられないほどだ。そのうえ、形が美しい。潔くすっとして、水に似合う清潔さを持ち、余計な自己主張をしていない。

木製の古いオールと、現代のカーボン製、両方を見比べると、かなり変化しているのが分かる。特に水を掻く部分の形が全く違う。

今村さん「古い方は左右対称ですが、最近のは水面に対して斜めに入るような形になっています。その方が抵抗が少ないんですね。いろいろと改良が進んでいます。厚さだけはルールがあって、それは薄すぎると先が刃物のようになって危ないからです。でも形に関しては特にルールはありません」

ただ木製のオールには、軽いカーボンにはない独特な味わいがあって、手に馴染む感じがする。部屋に一本、オールを飾っておきたい気持ちにさえなる。そうすればきっと、自分の遺伝子の中に流れる太古の記憶が刺激され、未知の世界への憧れが呼び覚まされるに違いない。

さあ、いよいよ工場の中へ進んでゆく。

小澤社長「ここは最後の仕上げの段階になります。いろいろな部品を取り付けているところです。これは一人用です」

さほど広くないスペースの中央に台があり、作業途中のボートが載せられている。ここでもまた私は心の中で、思わず「長い」とつぶやいていた。ボートも長く、部屋も長い。一人用でこれだとすると、エイト用は二倍のはずだから、更に長さの常識が打ち破られることになるわけだ。そして次に浮かんだ言葉は、「細い」だった。

結局は、細長いのだ。研ぎ澄まされた、究極の流線型をしている。隅々にまで緊張感がみなぎっている。人一人分の、ましてやたくましい選手の体の幅が、本当にここに収まるのだろうか。

そう思った瞬間、作業中の若い社員の方と目が合った。肩幅が広く、太ももはたくましく、身長は一九〇センチくらいあり、どこからどう見ても、誤解しようのないボート選手の体格をしていた。こういう方がエンジン・フォアになって漕いで下さるボートに乗れば、さぞかし安心だろうという、実に立派な筋肉だ。

「ご専門の種目は何ですか」

「一人乗りから八人乗りまで、全般です」

「ボートに体が入りますか？」

「はめてます」

ただ実際目の前にある作業中のボートは、体重六〇から七五キロ用で、彼のように一〇〇キロ近い選手になると、もう一回り大きなサイズになるという。いずれにしてもこの細長く、しかも底が丸いボートでバランスを保つのはたいそう難しく、熟練した選手でも本体だけではひっくり返ってしまうらしい。両側に出ているオールがやじろべえの手の役目を果たし、それでバランスを取っている状態なのだ。

　ボートの細長い内側を覗くと、予想以上に大がかりなパーツが取り付けられている。オールを船の縁に固定する部品（リガー）くらいはイメージできたが、底に立派なレールが敷かれ、その上に選手の座るシートが設置されている。レントゲン写真に写る骨盤の形に似た、蝶々型のシートだ。それが漕ぐ動作とともに前後にスライドする。スライドシートは男性用と女性用があり、骨盤の違いによって意外なことに、女性用の方がわずかに幅が広く作られている。

　足は専用の靴により、ストレッチャーと呼ばれる部分に固定される。転覆した時、履いたままでいると溺れてしまうので、甲のところのマジックテープを引っ張れば、一気に脱げる仕組みになっている。細部にわたり、安全面には最大限の努力がなされている。

　両足の前に壁があり、それを足の裏で押しているのではと勝手に抱いていたイメージとは、全く違っているようだ。お二人が、「ここで踏ん張って、オールをつけて、ここを向こうへ押して、オールの先を止めて、こっちを動かして……」と丁寧に説明して下さったのだが、一度もボートを漕いだことのない人間には、目の前に実物のボートがあってもなお、体の動きを頭の中で再現するのはなかなか難しい。

「見ているよりも、複雑ですね」

「いいえ、すごく単純ですよ」

あっさり今村さんはおっしゃった。

「単純ですけれども、実は体は複雑に動いているんでしょうね」

なおも食い下がる私に、またしても見事な一言が発せられた。

小澤社長「円弧運動です」

今村さん「テコの原理です」

やじろべえがあり、テコがあり、円がある。これでようやく具体的なイメージが描け、同時に自分でも漕げる気分になってきた。できるだけ速く進むよう船体とオールが計算されているのと同様、体も合理的な動きをするのは当然である。

小澤社長「脚をのばす力を使って漕ぎます。ですから、下半身を一番よく使います」

あんなにも長いオールを使いながら、実は漕いでいるのは脚なのか。これもまた、驚きの発見だった。

続いて作業工程としては、塗装、研磨、カット、組み立て、加熱硬化、積層と、さかのぼってゆくことになる。何度も繰り返すが、どの部屋も広さより長さの方が際立っている。埃（ほこり）が立つダスティーな工程と、埃を嫌う工程を分割しつつ、各部屋を仕切るシャッターから艇を出し入れしている。そしてほとんどすべての作業が人間の手によってなされており、機械は脇役でしかない。注文を受けてから、選手一人一人に合った仕様の艇を作るわけだが、流れ作業がなく、工場というより職人さんたちの工房といった印象を受ける。

余分な部分がカットされ、端面が仕上がって船体がほとんどできあがった状態になると、表面が研磨（水研ぎ）され、塗装される。塗料には主にアクリルウレタン系塗料が使われる。細長さに目が慣れてきた頃、次に心を奪われるのは、イルカを思わせる、表面のツルツルした質感である。人間が触れてはならないもののように無垢だ。イルカの滑らかさは自然の産物とは思えず、ボートのそれは人間が作り出したとは思えない。改めて、水が求める妥協のない厳密さを見るような気がする。

さあ次は、本体を作ってゆく段階にまでさかのぼるのだが、そもそもどんな素材が、どんな構造で組み合わさっているのか。競漕艇の船体の横断面は丸く、シェル（貝殻）と呼ばれる。現在、競漕艇の主役は木から化学素材に移り変わっており、炭素繊維（カーボンファイバー）、アラミド繊維（ケブラー）、エポキシ樹脂、ポリエステル樹脂、発泡体シート、ハニカムシートなどが使われている。船体は内外二層の繊維・樹脂層の間にコア（芯）材が入った、サンドイッチ状の三層構造になっている。

小澤社長「船のモールド、つまり型に順番に素材を張り込んでゆきます。型はガラス繊維でできていて、表面をピカピカに磨いてあります。まず一番外側に塗料を先吹きし、それからカーボンを張って、二番めにサンドイッチの中身になる芯を入れ、最後に内側を張ります。一層ごとに樹脂を塗布し、フィルムを被せ、減圧して中の空気を抜いてピッタリ押さえつけた状態にしたあと、一旦隣の部屋に移して熱を加えます。オーブン（加熱室）で一晩加熱し、硬化するわけです」

カーボンという言葉はよく耳にするものの、実際目にするのは初めてだった。乗り物の素材にしては頼りないくらいに薄く、後ろが透けている。

小澤社長「カーボンは強いのですが、ある一定以上の力がかかると、パカンと割れてしまうんです。対してアラミド繊維は防弾チョッキにも使われる素材で、また別の種類の強さを持っています。こうした特性を組み合わせて使っています」

例えばシングルスカル用のボートなら、余裕を見て二週間くらいで完成するという。丁寧に手で作業なさる様子と、ボートの思いもよらない複雑さを目の当たりにしてきたせいか、もっと長くかかりそうな気がしていた。

完成すると、一度琵琶湖に浮かべてみるのかと思っていたら、工場からトラックに載せてそのまま出荷するらしい。日本で唯一作られる競漕艇は、丘の上で生まれる。ここにもなぜかしら、ボートという乗り物が持つ魅惑を感じる。

最後、木製の部品を専用に作る作業場へお邪魔する。学校の木工室を思い出させる、どこか懐かしい雰囲気のスペースだ。ここで、リガーフレームや開発品の木型など、木工に関する作業をお一人で担っているのが、エキスパートの山田さんである。会社の最年長だ。

小澤社長「こういうものを作ってほしいと山田さんに頼むと、すぐに作ってくれます。例えばこれは、舵の手前に取り付けられている、保針性向上のための安定板なんですが、溝にはめる形になっています。その位置を微調整するのに、今までは木を当ててコンコンと叩いていたのを、もうちょっとスマートにやりたいと思い、水平にスライドできる方法はないか考え、図面を描いて概略を山田さんに伝えました。すると山田さんは新たな発想で、僕が出した案よりもいいものを作ってくれたんです。非常に助かっています」

船大工の技術からはじまった会社の伝統は、木造艇が主流でなくなった現在も受け継がれている。また、長い歴史を持つボートにもなお進化の余地があり、現場では努力が続けられているのだ。

社長が話している傍らで、ご本人の山田さんは恥ずかしそうにうつむいて、淡々と作業を続けておられた。お二人の間に通い合う信頼と親密さが、こちらにも伝わってきた。それはどの作業場でも感じた雰囲気で、つまりは皆さんが、同じボートに乗るクルーなのだ。

テレビでもボート競技を観戦する機会は滅多になく、せいぜいオリンピックの時くらいなのだが、それも日本があまり強くないせいか、扱われ方は地味な印象だ。ボート部というと、とにかく練習が厳しいイメージがあり、しかも単純な繰り返し運動ばかりで、ほとんど苦行のようにしか見えない。現在、登録されている競技人口は約一万人。ラグビーの一〇万人、卓球の三〇万人に比べれば、やはり少々さびしいと言わざるをえない。
小澤社長「ルールは分かりやすいんですけれどね。一番にゴールすればいいわけです。競漕距離は国体や高校総体は一〇〇〇メートル、世界選手権やオリンピックは二〇〇〇メートルです。ただ、現地でレースを見ていると、遠くではじまって、遠くで終わる、という感じなんです」
今村さん「観客は目の前を通過する、三〇〇メートルくらいしか見えませんからね」
以前、オリンピック中継で、日本チームのボートが審判の船に追い抜かれたのを見て、ショックを受けた記憶があるのだが……。
小澤社長「私もよく抜かれましたよ」
今村さん「勝敗に関係なくなったら、抜きますから」
リオデジャネイロオリンピックではカヌーで羽根田卓也選手が銅メダルを獲得し、盛り上がった。残念ながらボートではまだ日本はメダルを獲(と)っていない。
小澤社長「競技人口が少ない点はカヌーも同じです。ただカヌーは、シーカヤックなど遊びで乗る機会があるので、裾野は広いんです。ところがボートの場合、競技タイプしかなく、しかもはじめるのはたいてい、高校、大学からです。どうしても小さな世界になってしまうんです」

今村さん「最近では、他の競技をしている若い人の中から、有力な才能を探そうという試みも行われています。今、日本代表として世界選手権に出場している選手の中に、中学時代は柔道の専門だった人がいます。その時はラグビーと取り合いになったそうです」

心肺機能の面から言うと、どんなスポーツに近いのだろう。

今村さん「中距離、一五〇〇メートルのランナーでしょうか」

小澤社長「運動生理学的にはそんな感じです。二〇〇〇メートルを漕ぐおよそ六分の間に、全身運動でエネルギーを全部出し切る感じです」

水の上のスポーツである以上、もう一つ忘れてならないのは安全の問題である。

小澤社長「私も高校で漕艇部に入って以来、危ないからやめろと、母親にずっと言われていました。その気持ちはよく分かるんです。リスクのあるスポーツをなぜするのか、という問題です。リスクがあるなら、しないのが一番なのに、なぜボートを教えるのか、そこを安全講習の時、指導者たちに問いかけます。陸にいれば溺れる心配はないかもしれないが、それは将来へリスクを先送りしているにすぎない。ボートを漕ぐというのは、きちんとリスクを考えたうえで危険な場所へ出てゆき、そこで安全力を身に着けることである。安全を身に着けるためのスポーツにして下さい。そう言っているんです」

一つの動作で脱げる専用の靴を見た時感じたとおり、ボート競技に関わるあらゆることは、安全が第一の基準になっている。それはそのまま、自然への尊敬の念と、自らを省みる謙虚さにつながっているのではないかと思う。

先ほど私は苦行という言葉を使ったが、競技人口の裾野を広げ、生涯楽しめるスポーツにするためには、イメージを変えてゆく必要があると社長は考えておられる。

小澤社長「課題は指導者の意識なんです。私が長く続けてこられたのは、いい意味でだらだらと、いい加減に漕ぐ、というのをやってきたからだと思っています。選手の時はとにかく妥協しない。全力で、のスピリットがあります。すべてか、無か、の発想です。学生時代に一生懸命やって、社会に出た時、わずかなトップレベル以外の選手たちは、仕事や家庭生活と天秤にかけて、どうしてもボートをやめてしまうケースが多い。いい加減にやっちゃいけないという発想が潜在的にあるんです。指導者たちは楽しんで漕がせることが下手なんです」

小澤社長が私家版としてお書きになった、ボートへの愛が詰まったご著書『漕艇譜Ⅲ ROWING MANUAL 2009』にこんな文章がある。

〝がんばって漕ぎましょう！
でも、がんばらなくても、中途半端でも、まあ漕ぎましょう！
人に助けられながら、「ありがとう」という気持ちを忘れないで
できれば、誰彼なく、応援の手を差し伸べながら
水の上の楽しさと、力を使い果たすあの言い様のない快感を
ぜひ体験してほしい〟

この文章に寄り添うように、今村さんがおっしゃった。

「皆がビシッと揃うと、空を飛んでいるような感覚になります。あの一体感、スピード感は、他では味わったことのない、何とも言えない、すごい感覚です」

小さな一艘のボートに皆が乗っている。全員が同じ方向を向き、同じ動きをし、一つのゴールを目指す。足元、すぐそこに水が広がっている。オールの描く輪が水面に浮かび、やがて消え、また浮かんでゆくを繰り返す。オールの先から水滴がしたたり落ちる。ボートも人も、水面の一部になっている。

帰りは今村さんが車で堅田駅まで送って下さった（ちなみに行きは、小澤社長が駅まで迎えに来て下さった）。外は大雨が降っていたが、気分はさわやかだった。本当は自分のすぐそばにあるのに、迂闊にも今まで触れようとしなかった、新鮮な世界の空気を吸ったかのような気分だった。「橋の上から見る世界と、水の上から見る世界は全く違う」とおっしゃった小澤社長の言葉がよみがえってきた。新鮮だけれど、懐かしかった。

お嬢さんが大学のボート部のたった一人の部員として頑張っておられる様子を、今村さんが話して下さった。

「普通、男親とはあまり喋らないのでしょうが、ボートの話題で会話できるので助かっています。ちょっと教えたろか、という感じで、多少、尊敬もしてもらえます」

まさにお父さんがコックスである。

少女が一人、ボートを漕いでいる。自然に向かって頭を垂れるように、あるいは自然と無言の会話を交わすように、オールを動かしてゆく。そんな美しい姿を思い浮かべながら、私は丘を下りた。

手の体温を伝える

五十畑工業株式会社
2018年6月取材

町を歩いていると、時折、車輪付きの大きな箱に、一、二歳の子どもたちが数人乗せられ、どこへともなく運ばれてゆくのを見かけることがある。手すりを握り、足をピコピコ屈伸させている子もいれば、隣の子にちょっかいを出して嫌がられている子もいる。あるいはまた別の子は、何に心を奪われているのか、流れてゆく風景をひたすらじっと見つめている。そして保育士さんが、慎重にゆっくりとその箱を押している。

そんな光景に出会うたび、どれほど不機嫌でも、気分がすさんでいても、いっぺんで幸福な心持ちになれる。幼い子どもたちが目の前を通り過ぎる、というただそれだけの事実が、この世界の良きことを象徴しているのだと思える。つい、両手を合わせて拝んでしまいそうになる。

子どもを運ぶ点では同じだけれど、ベビーカーとは全く異なる発想で大人数を移動させる、リヤカーにも似たあの乗り物は、一体誰が作っているのだろう。ある時、ふと気になった。調べてみるとすぐに、五十畑工業株式会社の名前が出てきた。場所は墨田区向島(むこうじま)。こんなにも人を幸福にさせてくれる乗り物は、どうやって作られているのか、はやる気持ちを抑えつつ、東武鉄道とうきょうスカイツリー駅に降り立った。

　工場は東京スカイツリーのすぐ近く、ほとんど根元と言ってもいいところにある。大勢の観光客たちで賑(にぎ)わう水族館や商業施設、真新しいマンションが目立つ中、それでも注意してよく見れば、スカイツリーができるずっと昔から営業していたに違いない、下町の風情を感じさせる飲食店がぽつぽつと残っている。
　駅を出て最初の交差点を渡るとほどなく、前方に五階建てのビルと看板が目に入ってきた。白鳥に子どもがまたがった可愛らしいマークが目印だ。正面玄関には緑色のタイル地に、〈五十畑工業株式会社〉の文字が打ちつけられている。一字一字、年季が入って味わい深い趣を呈し、その自然な雰囲気が親しみを感じさせる。工場というよりは不動産屋さんか床屋さんといった佇まいで、町にしっくりと馴染んでいた。

早速、ビルの二階にある応接室へご案内いただき、三代目の代表取締役、五十畑雅章さんにお話を伺った。七〇代とお見受けしたが、とても若々しく、まだまだ現役真っ盛りといったご様子だ。

会社の設立は一九二七年（昭和二年）。社員は奥様、ご子息お二人を含めて四〇名。〈スワン〉ブランドのベビーカー、介護用品などを製造販売している。一番の特色は全工程を自社で一貫生産するという体制である。

「製造にはさまざまな形態がありますが、分業制が多いんです。富士山の裾野のようにいろいろな部品屋さんを抱えて、最終工程をアッセンブリ、組み立てをして商品に仕上げる。しかしうちは、ちょっと違うんです。一から作るのが我が社のモットーです。小ロットで作っているのでそれが可能になるのですが、だからこそ生き残れたと私は思っています。別に特殊な技能があるわけではありません。部品を全部、人さまに任せて既製品を作るとなると、すぐにライバルが出てきて、過酷な競争を強いられる。しかし、一から作れば、工程数がたくさんあって大変ではあっても、お客さんの要望を敏感にキャッチして小さなロットで作ってみることができます。それが潜在需要を呼び起こして、ある一定の規模になった時に商品化する。試行錯誤しながら、定着した商品が世に出せるものになるわけです。そうした過程で、世に出なかった試作品、商品もたくさんあります」

その一例として、ワイン専用の運搬車を挙げて下さった。光を通さず、中が見えないような工夫をして作ってはみたものの、商売にはならなかったらしい。

「現場の工場を止めなくても、ちょっとしたものが作れる試作専門のスペースがあります。先に図面ありきではなく、まずイメージしたものを手作りできる。そこからスタートします。図面がないのにどうやって作るの？　と聞かれますが、うちは図面がない方が作りやすいんです。図面があるとそれに縛られてしまうので、新しい発想が生まれないんです。自分がほしいものを先にイメージして、そこへ近づけるために試行錯誤を繰り返す。これが駄目なら違う角度から、と実際にやってみて、こっちがいい、となる。ものを作るプロセスが二通り三通りとあるんです」

お客さんの望みと直に向き合い、ひとまず効率は脇に置いて失敗の中から正しい方向を見極める。お話を伺っていると、子どもを乗せるための幸福な〝あの乗り物〟に相応しい作られ方だ、という気がしてくる。

さて、ようやくここで〝あの乗り物〟の正式な名前が判明した。〈サンポカー〉。もちろん五十畑工業の命名である。実に簡潔で清々しい名前ではないか。自らの役割を必要最小限の言葉で言い切り、余分な装飾は潔く排除している。それでいてどことなくとぼけた風情もあり、愛着がわく。お出かけしたい子どもたちがその名を口にしている場面を想像するだけで、自然と笑みがこぼれてくる。

ただ、商標登録はしていないらしい。そういうがつがつしていないところがまた、いかにもサンポカーらしい。

ここからいよいよお話はサンポカーの誕生へと移ってゆく。

「我が社には九〇年以上の歴史がありますが、サンポカーは三〇年以上手掛けている一番の人気商品です。最初は一人乗りのベビーカーがメインでした。ただ私どもは双子、年子の場合を考えたんですね。赤ちゃんを二人同時に運ぶ。小さなロットでもいいから需要がある、ということを確信して商品化してみました。世に出てからは五〇年近くが経ちます。これが前哨戦（ぜんしょうせん）となりました。

二人乗りの需要は保育園にもありまして、保育士さんたちとのいろいろな接点の中から、四～六人が立って乗る、いわゆるサンポカーの形が少しずつできあがっていったんです。お子さんは三、四人の塊になればどこへ行ってしまうか分かりません。みんな一緒に保育園から出発し、公園などで目いっぱい遊んでもらい、また連れて帰る、その道中の安全を確保するための乗り物が必要だったんです。これに大人しく乗りなさい、という形ですね。ベビーカーと同じ機能で、しかしベルトで縛りつけるような形ではなく、パイプや布地の大きさを少しずつ大きくしていったわけです」

一人用から二人用、更に複数へ、と人数が増えてゆくのはごく自然な変化に思えるが、進化の過程で大転換が起こったのは間違いない。町でサンポカーを見かけるたび、新鮮な驚きを覚えるのは、誰もが思いつきそうで案外思いつかない発想の妙がそこにあるからだ。何より、少し高くなった視線にわくわくし、機嫌よく楽しそうに乗っている子どもたちの様子が、この進化が正しい方向であったことの証拠だろう。

「我々が列車に乗って移動するのと同じ感覚なんでしょう。景色が変わるたび、関心のある側に自由に動けるんです。じっとしているわけもないですからね」

なるほど、彼らは旅をしているのだ。彼らにとってサンポカーは、未知の場所へ自分を運んでくれる魔法の乗り物なのかもしれない。

ところで、私自身も子育ての最中、ベビーカーにはお世話になったが、作るという目で見ると、部品も多く、複雑な構造を持っているのが分かる。

「時代的な需要としては、折り畳み、というのが重要になっています。エレベーターや電車に乗ったり、車のトランクに入れたり、いかに小さく折り畳んで移動できるか。そうなるとたくさんの部品を複雑に組み合わせることになってきます」

電車の乗り降りの時、ベビーカーを一発でパシャッと開いたり、閉じたりしているのを目にすると、あらゆる部分が見事に連携していて、しみじみ、よくできているなあと感心する。

「本当はワンタッチではないんですけれどね。ツータッチ、スリータッチを、ワンタッチと称しています。使用するパイプの多くはアルミで、一部スチールです。あと主な材料は布と塩化ビニールですね。一人用のベビーカーには柔らかく赤ちゃんを包んであげる、というイメージで多く布地を使っていますが、サンポカーは不特定多数の子どもたちが時に土足で乗るものですから、掃除の手間を考えて塩化ビニールを使っています。折り畳むのは柔らかい布の方が楽なんです。また、三輪と四輪を比べると、三輪の方が簡単です。車輪と車輪が寄ってきて、ペタッと、より幅が狭くスマートに畳めます。車輪が一個ないのは非常に有利なんです。小回りも効きますしね。ただ、安定性には欠けます。車高が高いものもあります。道路の埃と輻射熱(ふくしゃねつ)を考えれば、赤ちゃんにとっては高ければ高いほどダメージが少ない。でも、高くしすぎるとひっくり返ります。やはりここも安定性とのせめぎ合いです。紙一重、とよく言うのですが、微妙なところなんです」

軽すぎると安定が悪い、どっしりしすぎても使いづらい。利便性と安全、微妙なバランスを探りながら、常に安全を優先させる。ベストな一点を探し続ける。使い手の想像を超えたところで、こうした地道な矛盾との戦いが、子どもたちの笑顔の土台を支えているのだ。

もう一つどうしてもお尋ねしたかったのが、美智子様が皇太子妃殿下の時代、浩宮様を乗せていらしたベビーカーについてである。テレビニュースに映し出されるそれは、おとぎ話に出てきそうな優雅な乳母車だった。

「あれは、うちでお作りしました。父が社長の時代です。デパートでベビーカーをご覧になった美智子様が、我が社の製品をお選びになり、ご注文下さったということです。一般のベビーカーをモデルにした特注品で、真っ白なんです。それにバックミラーをつけました。うちからの提案ではなく、ベビーカーを押している時にも浩宮様の表情をごらんになりたい、という美智子様のお考えです。

その後、何十年かして、親御さんと赤ちゃんが向かい合って進める対面式のベビーカーが登場します。私の意識のどこかに、美智子様からのご要望で作ったバックミラーのことが、ずっと残っていたのかもしれません。対面式の試作品を作ってみたら、私の想像以上に一般社会に受け入れられて、うちのヒット商品になりました。やはり、赤ちゃんの顔を見たいという願望は、強いものがあるんですね」

最初、自社一貫生産の利点は、お客さんの要望を敏感にキャッチできることだというお話があったが、今は当たり前になっている対面式の原点に、美智子様のお声があったとは驚きである。

「そのうち両対面といって、対面でも背面でも、両方押せるタイプが出ました。車体と赤ちゃんが乗るシートを真ん中でぶら下げるような支えを作って、座席をひっくり返しちゃうんです。赤ちゃんとの対面をお客さんの都合でできるようにしたんです。その後、ハンドルの方を前後にひっくり返す方式が編み出され、今はそちらが主流になっています」

ハンドルを動かす。簡単なようで、固定観念に縛られているとなかなか思いつけない、案外大胆な発想ではないか。

「私は長女、長男、次男、と三人子育てをしたんですが、一番上の子が赤ん坊だった時に、座席をひっくり返すアイデアが閃いたんです。こうやったら便利だろうなと。試作品ができると、まず我が子を乗せるんです。一回、ひっくり返して落っことしたこともありますけれど、怪我はしませんでした」

ベビーカーを製造している家の赤ちゃんはラッキーだ。お父さんの作った乗り物に乗れるのだから、これ以上安心なことはない。

「いつの時代でも技術は日進月歩ですから、いろいろなマイナーチェンジは今もしています。使う方の個人差がある以上、画一的な商品を作ってこれが一〇〇パーセント、ということにはならないと思うんです。子育て環境も違う。高齢者が押す場合もあれば、背の高い人が押す場合もあるでしょう。調節機能をたくさん持たせると、価格が高くなって、重くなる。必要のない人にとっては余分な機能にもなってしまう。これでいい、というところまではまだ行っていません」

サンポカーにしても、使う人によってサイズ、ハンドルの位置、重さなど、ニーズが異なるが、多品種少量生産体制と社内一貫生産を取っているため、細かい要望に応えられるそうだ（東京都産業労働局サイト「東京カイシャハッケン伝！」より）。

赤ちゃんは一人一人違う。そして道具の方に合わせる能力をまだ持っていない。そんな赤ちゃんに少しでも寄り添おうとする姿勢が、ひしひしと伝わってくる。


さて、子ども用のベビーカー、サンポカーとともに製造の中心になっているのは、介護用品である。パンフレットによれば、体が不自由な方の歩行補助器具、介助型車椅子、酸素ボンベカートなども製造している。荷物を入れる籠がつき、疲れた時はその上に腰掛けることもできるカート、酸素ボンベを載せて押して歩くカート、サドル付きの歩行補助車。どれも町中や病院でよく見かけるものだ。

「我々団塊の世代は、第二次ベビーブームの時期に子育てをしました。当時、少子高齢化なんてあまり世の中では言われていませんでしたが、いずれそういう時代になるのは分かっていました。

うちの祖母は六〇くらいの時から目が見えなくなったんです。それで、我々若夫婦も介護をすることになりました。一人では外へ行けないので車椅子を作ってみたり、何かにつかまって歩けるような補助器具を作ってみたり。社会的には介護保険ができた頃、シルバー産業が脚光を浴びはじめました。しかし私たちは社会がそうなる前に、介護をせざるをえない環境にあって、身をもって分かったんです。それで私の代から、シルバー用品の製造に向かいました」

時代の先を読む、というのとは異なる、もっと人間的な切実さが介護用品を産んだ。それこそまさに、使う人の声を直接聞く、会社の理念の根本であろう。

「ペット用の介護用品も、お客さんからの要望がスタートです。老いて自分では歩けなくなった、四〇キロくらいある犬の飼い主さんが、サンポカーを見て、あれを改造すればワンちゃん用にできるのではないかと発想されたんです。そのワンちゃんは、もう動けない。先が見えている。それでも飼い主さんは熱心にお願いに来られました。ですからあまり時間がない中、一生懸命に作った覚えがあります。あるいは、あれは……」

そう言って代表は、壁に貼られた写真の一枚を指さした。〝三浦ゴマ男様〟と書かれている。

「半身不随で前脚しか動かせないワンちゃんのために作った車椅子です。ゴマ塩を振ったような模様のダックスフントなので、ゴマ男。何度も作り直して完成させた一点ものです」

全体としては小さなリヤカーといった感じで、薄水色のカバーで包まれたU字のパイプ、胴体を支える網目状の布とプラスチックでできた中央部分、そして後ろ脚を通しておさめるD字形のパイプが二つ並んだ籠、この三つで構成されている。よく見るとかなり緻密な作りをしているのが分かる。歩く、という一見単純な動作のために、これほどの道具が必要なのかと改めて思わされる。後ろ脚が不自由なことなど忘れたかのように、短い前脚をチョコチョコ動かしながら自由に動き回るゴマ男の姿が、目に浮かんでくる。

「ワンちゃんの寿命からすれば、これが使える時間は確かに長くはないのですが、飼い主仲間の間で、次に必要な人へ回すみたいなんです。それを聞くと私も、ああ、よかったなと思います」

ペットの残り少ない時間のため、できる限りのことをしたいと願う飼い主の気持ちと、それに精一杯の技術で応えようとする五十畑工業。二つの思いがゴマ男の車椅子に見事に結実している。

「もう一つお客様の要望で、医療器具を一緒に載せられるベビーカーを、というのがありました。心臓や肺が悪く、機械がないと生きていけない、という赤ちゃんです。これは二人乗りのベビーカーを作った経験が役に立ちました。お子さんと重い器具を一緒に運ぶには二人乗りのベビーカーがベストな選択だったんですね。ただし、二人乗りがそのまま使えるかというと、そうではないんです。一つの座席には赤ちゃんではないものを載せるわけですから、やはり加工が必要になってきます。一から作るのは大変でしょうが、うちなら改造すればできます。年数が経って、赤ちゃんは大きくなる、器具も重くなる。そんな変化にも細やかに対処できます」

目の不自由なおばあ様、下半身不随のワンちゃん、医療器具が手放せない赤ちゃん……。新しい製品が生まれる原点には、目の前の困っている人のためにどうにかできないか、という思いがある。人間的な温かさがエネルギーになっている。代表の視線は、大量にものを売ることではなく、それなしではいられない絶対的な少数に注がれている。町中の大型乳母車に惹かれてここまでやって来て、思いがけない展開のようでありながら、実はすべてがつながり合っているのを実感する。

では、工場へ行ってみますか、とおっしゃる代表にくっついて建物内を移動しつつ作業の現場を見学させていただく。二つの建物が非常階段で結ばれているため、外から見たよりも内部はずっと広く、たくさん部屋があって迷子になりそうなくらいだ。しかも工程によってガラッと雰囲気が違っている。まずは第一工程、長いパイプを必要な長さにカットするための、一階作業場から。

ここは以前、別の町工場の建物だったのを、廃業を機に借り受けて使っておられるとのことだが、木造の屋根と天井とガラスの引き戸には昭和の雰囲気が染み込んでいる。子どもの頃住んでいた家の真向かいにあった、鉄工所を思い出す。パイプを扱うのにうってつけの細長いスペースを持っている。大柄のたくましい社員の方が、一人、黙々と作業しておられる。直径の異なる七種類のパイプがびっしり積み重なった奥に、それを切断するためのカッターが見えた。

とにかくそれが怖そうな機械なのだ。台の中央にセットされた円盤が、いかにも残酷な響きのうなりを上げながら、縦方向に回転している。円盤のギザギザは、わずかに触れただけで何でも容赦なく切断してしまいそうなほどに研ぎ澄まされている。体を切り刻んで元通りにする手品か、００７の映画か、あるいはどこかの拷問博物館で似た機械を見たような気がする。

しかし私の恐怖などにはお構いなしに、パイプは一本一本、あっさりと切断されてゆく。社員の方の手つきは確信に満ち、ためらいも滞りもない。実に堂々としている。

その時私は気づいた。床に降り積もった銀の粉（切り粉と呼ばれる）が、キラキラとしてとても綺麗なのだ。町工場のイメージにぴったりの機械的なモーター音とは裏腹な、どこかロマンチックな気配さえ感じられた。一本のパイプから、か弱い人々を支える縁の下の力持ちに変身してゆく彼らに相応しい美しさが、そこにあった。

必要な長さにカットされたパイプは上の階の作業場へ運ばれ、穴をあけられることになる。そこへ足を踏み入れた瞬間、思わず「あっ」と声を上げそうになった。穴をあけるための機械が実に見事だ。近づくのがはばかられるほどの圧倒的な存在感を放っている。とにかく大きい。あけるべき穴の直径と比べたら、ほとんど巨大と表現してもいい。両脇に装着された滑車と歯車は一抱え以上もあり、動力を伝える中央部の構造は複雑で、どんな細部にも緩みがなく、どっしりとしている。そして機械全体が、長年にわたって染み込んだ油によって、つややかに光っている。決してピカピカした軽い照りではない。昭和の時代から修理をしながら使い続けてきたというそれは、油とともに時間と人の手の体温を吸い込んで、機械の時代の次の段階、思慮深さをたたえた何かに進化しているようだった。

モーターの音が響いているにもかかわらず、そこには沈黙が満ちていた。

やがてその魅力的な沈黙は、機械の前に立ち、パイプを差し出し、正しい位置に正しい穴をあけ続けている作業服姿の男性が醸し出す沈黙と、響き合っているのだと分かってきた。機械と人の輪郭が継目なく一つにつながり合っていた。そこには無言の会話があり、信頼があり、親愛の情さえあった。

ふと壁に目をやると、飛行機の写真とグラビアアイドルの写真が貼ってあった。若い社員の趣味のようだ。壁にも、機械と人間が共存していた。

次にパイプは、組み立て作業が行われる部屋へ移る。あけた穴に早速ネジが取り付けられ、本体が組み立てられてゆく。ネジは思ったよりずっと小さい。それが段ボールにどっさり詰まっている。一人、男性が作業台の前に座り、パイプにネジを取り付けているのだが、その後ろ姿が毅然(きぜん)として実に清々しい。終わりなど見えそうもない大量のネジに取り囲まれながら、うんざりする様子など微塵もなく、延々と続く作業にひたすら没頭している。一つ一つの動作に丁寧さがあり、確信がある。まだ、サンポカーになるのか歩行補助器具になるのか、あるいはペット用車椅子なのか、完成の形は見えていないけれども、極小のネジ一本を扱う手つきから、それが隠れたところで、大事な役割を果たすということは十分に伝わってくる。

　部屋の一角には、こうして組み立てられたフレームが、何台も積み重ねられていた。一番場所を取っていたのは、やはりヒット商品のサンポカーだった。大きい車輪と小さい車輪が二個ずつついて、ブレーキ用のケーブルもセットされ、お行儀よく連なって、出番を待っていた。周囲を取り囲むシートがない状態では、やはりまだ大型乳母車の気配はなく、台車の土台、といった感じだ。パイプの銀色の簡潔さと、乳母車、と聞いてイメージできる以上の複雑さが上手く組み合わさって、独特な造形を生み出している。

　同じ部屋では、そのビニールシートを裁断する作業も行われている。巻物状になった塩化ビニールを作業台に広げ、必要な長さに切ってゆく。この作業の担当者は赤いチェックのシャツが印象的な若者だった。切断に使われるのは恐ろし気な拷問の機械ではなく、ごくありふれた鋏（はさみ）である。若者は手際よくシートを台にのばし、文鎮のような重しを載せ、数センチ立ち上がった台の端に鋏の刃を沿わせて一気に切ってゆく。鋏と塩化ビニールが奏でる一瞬の音が、スパッとして心地いい。大きな機械が作動していた部屋とは対照的に静かなその一室で、ただ塩化ビニールが裁断される音だけが、繰り返し淡々と響いていた。いつまでも聴いていたいと思わせる魅力的な音だ。しかし若者は自分の手がそのようなものを生み出していると声高に主張することもせず、ひたすら求められている作業に没頭するばかりだった。

最後は、最上階にある縫製室へ。

こちらは、それまでの作業室と雰囲気が全く違っていた。和室なのだ。靴を脱いでお邪魔すると、懐かしい気分で胸が一杯になった。足の裏から伝わってくる畳の感触、傷だらけの柱、鴨居(かもい)、蛍光灯と電気スタンド、少しくすんだ窓ガラス。そしてミシン。自分の遠い記憶からよみがえってきたものが、目の前に現れ出てきたかのようだ。裁縫が得意だった田舎の祖母の部屋と同じ匂いがした。

下で裁断された塩化ビニールや布類を縫製するため、七台あるミシンはフル稼働している。初めてここに登場した女性陣に混じって、若い男性もミシンを操作している。サンポカーの側面をただぐるりと覆えば済む話ではなく、やはりビニールや布に関した部分も想像以上に細かなパーツに分かれており、一つ一つがまさに手作りされている。ただし、自分が家庭科の時間に習ったミシンのイメージよりもずっと高速である。目にもとまらぬ、という表現がぴったりで、思わず見入ってしまう。小さなパーツであるから、単純な一直線は短く、微妙なカーブが入る。スピードを落とさず、ベルトの回転速度と生地の引っ張り具合を微妙に調整しつつ、ギリギリの端を正確に縫ってゆく。完全にミシンをコントロールしている。押さえを下ろす、針を見つめる、足踏みのスイッチを入れる、切る、糸を引っぱる……すべての仕草が、体と機械の会話になっている。ミシンが体の一部になっている、と言ってもいい。たった一枚のビニールのため、指先はもちろん、足の先から目、耳、腕まで、全身が研ぎ澄まされている。

この部屋で仕事をしているのは、ミシンを操作する人ばかりではない。一人の女性は、ミシンをかける前のビニールを畳の上に置き、目打ちで穴をあけている。畳に這いつくばる体勢は、いかにも腰を痛めそうなのだが、長年の経験の結果として、体が作業の形にごく自然に馴染んでいるからだろう、苦痛な様子は微塵もない。的確な場所に、適切な穴を手際よくあけてゆく。考えるより先に手が動いている。

もう一人、入口のすぐ脇では男性が穴に紐（ひも）を通している。こちらもまた黙々とした作業だ。手は休みなく動き、しかも無駄がない。人間の手がなければできない作業なのだ、ということがありありと伝わってくる。お二人がまとう静けさを、ただミシンの音だけが包んでいる。

そこでふと、ミシンの頭のところに、何やら小さな布が被せられているのに気づく。お尋ねすると（スピーディーで繊細な作業のお邪魔をしないよう質問するのはとても難しい）、ミシン油が飛ぶのを防ぐために、ハンカチの切れ端を載せているらしい。その柄が一台一台違っていて、どれも可愛らしい。おそらく同じミシンでも機械によって使い勝手が違うのだろうから、一人に一台、決まった組み合わせがあるのかもしれない。ハンカチはその目印だ。ミシンが、使う人の体と一体になっていることの証（あかし）だ。

女性たちが向かい合ってミシンを踏む一角には、佐藤健と氷川きよしの写真が飾られている。

「佐藤健、格好いいですよね」

私がつぶやくと、お一人が、恥ずかしそうにうなずいて下さった。窓の向こうには向島の街並みと、スカイツリーが見えた。

工場内を移動中、エレベーターの片隅に、小さなワゴンが置かれているのに気づいた。荷物を載せるのか、飾りを置くのか、何気ない板にパイプとコマがついていた。

「パイプとコマで何か作れないか、と私は常に考えているんです」

なるほど。代表の頭に浮かぶ無数の形の一つが、このワゴンなのだろう。将来、これがヒット商品の原型になるかもしれない。

もう一つ気になったのは、階段の踊り場に立て掛けられた、天井につかえるほどに長い数本の物体だ。布に包まれ、薄ピンク色の紐で束ねられている。作業場にあるどのパイプをも圧倒する長さを持っている。

「お祭りに使う、お神輿(みこし)の担ぎ棒です。町内会の会長をやっているので、うちで預かっているんです。まあ、これだけの長さのものを保管できる場所も、そうありませんし」

代表はおっしゃった。

スカイツリーが完成したお祝いのパレードに、代表は自社製の電動車椅子に乗って参加された。観光客が大勢訪れる街に変貌した地で、五十畑工業のように、ものづくりの原点を大事にする工場が気概を持ち続けているのは、意味深いと思う。

「このあたりにも昔はいっぱい町工場がありました。町工場という言葉も、今は死語になっています。完成品を製造するのではなく、部品を作る工場が若干、生き残っている程度です。私が大学を卒業してすぐ、ここへ入社した頃は、住み込みの社員が九名いました。工場の一階に社員寮があって、そこに住んでいたんです。映画の『ALWAYS 三丁目の夕日』の世界でした」

確かに町工場を取り巻く環境は急激に変化しているのだろう。しかし、ものを作るということの根本において、何が大切かという問題は、時代がどう移ろうとも決して変わらない。そのことを五十畑工業が示している。

「地に足の着いた、コツコツした商い」

「一番を目指さず、一定の器で社会貢献をする」

「自分の手の延長上に製品がある」

こうした代表の言葉の重みが、工場で働く方々のお姿、全身から伝わってきた。間違いなく、人の手の先に、パイプがあり、ネジがあり、ミシンがあった。コツコツとした地道な作業の先に、サンポカーがあった。

幼児や、足の不自由な人や、高齢者や、弱ったペットや、助けを必要としている人々に差しのべられる用具に、手の温もりが込められていること。それを教えられ、改めて人間の手の偉大さをかみしめた。手助け、とはつまり、手の体温を相手に伝えることなのだ。一人ではまだどこへも行けない小さな子ども、老いて自由に行動できなくなった高齢者、そういう人々が五十畑工業の製品とともに、今日も日本のどこかで歩いている、と思うだけで幸福になれる。サンポカーを見るたび感じてきた平和な気持ちの理由が、解き明かされた一日だった。

瞬間の想像力

山口硝子製作所
2019年3月取材

子どもの頃、理科の授業は苦手だったが、実験道具、例えば試験管やビーカーや三角フラスコは好きだった。どれも余分な装飾は一切なく、自らに課せられた役目を果たすことのみに徹している。潔く、毅然としていながら、同時に、ふとした瞬間、粉々に砕けてしまうはかなさを隠している。そして尚かつ、美しい。当時は休み時間に理科準備室へ忍び込み、戸棚に並ぶそれらを、わけもなくうっとりと眺めていた。

同じく、歯医者は嫌いだったが、トレイに収まる薬瓶は好きだった。紺や海老茶や深緑をした、中身の見えないぼってりとした感じの瓶。蓋をつまみ、ねじりながら外す時の、ガラスがこすれるキシキシという音がまた魅惑的で、いつか自分もやってみたいと夢見ていた。薬瓶の魔力に浸っていれば、虫歯を削られる痛みも忘れられた。

ガラスへの偏愛は今も続いており、使い古された実験道具や、廃業した病院から放出されたらしい薬瓶などを蚤（のみ）の市で見つけると、使うあてもないまま、つい買い求めてしまう。しかしガラスなら何でもいいかというとそうでもなく、例えばバカラのようなブランド品にはあまりそそられない。やはり、人間の手の感触が伝わってくるかどうかが、分かれめなのだろう。しかも何かを表現しようとする芸術家の手ではなく、あくまでも必要なその形のために奉仕する、裏方に徹した職人の手が。

そこでこのたびは、機械による大量生産が不可能な、職人さんの手作業によってしか実現できないガラス加工製品を作っておられる、山口硝子製作所にお邪魔することになった。場所は京都の中心部、市役所にも平安神宮にも御所にも近い、新丸太町。にぎやかな鴨川沿いの川端通りから一本東へ入っただけで、あたりには観光客の姿も見えず、大変静かだ。一般の住居に混じって、石材店や淡水魚の卸の看板が見える一角に、山口硝子製作所はある。間口は決して広くなく、外からは製作の様子はうかがえないし、物音も聞こえない。油断していると通り過ぎてしまうくらいのさり気なさで、周囲の静けさに溶け込んでいる。この場所で間違いなかったかどうか、一抹の不安を感じつつ、普通の住宅の玄関にあるのと変わらない呼び鈴を押した。

応対して下さったのは代表の山口誠さん、息子さんで副代表の信乃介さん、代表の奥様、明美さんだった。居心地のいいリビングといった雰囲気のお部屋でお話を伺った。京都特有の奥行きがある建物で、通りに面した部分が代表ご夫婦のお住まい、その奥が工場になっているようだった。お三人の他に、五人の職人さんが働いておられる。

最初、皆さんが若々しく見え、とても親子とは思えず、兄弟？　姉弟？　と混乱してしまった。それだけ世代間のギャップがなく、風通しのいい空気が感じ取れた。

ホームページによれば、創業は大正一四年、となっているが……。

代表「初代は私のおじいさん、あの、一番端っこ、山口伊三郎です」

壁には初代、おばあ様、二代目……と写真が飾られている。現在の代表は平成一五年、三代目として就任された。

代表「大正一四年と言っていますが、定かではありません。東京からスタートして、京都に出てきたのが大正一三〜一四年で、まあ、そのあたりを創業としています」

初代は東京で、森下仁丹の瓶製造に関わり、ガラス職人として技術を磨いた後、京都の分析機器メーカー、柳本製作所の理化学用ガラス器具の製造下請け工場として、京都三条で創業した。その後、昭和二四年、島津製作所との取引がはじまり、続いて昭和三一年、同製作所が国内初のガスクロマトグラフを開発すると、その主要ガラス部品を製造するようになる。

代表「昔は、大学や製薬会社の中にガラス屋さんの工房があって、その都度要望に応えていたようですが、今はほぼないですね。試験管やスポイトなどは、今、全部機械で作れるんです。祖父が京都に出てきた頃は、そういうものも全部手でやっていました。試験管を作るだけで、結構なお金になったようです」

しかし、先に挙げたガスクロマトグラフの登場により、従来のビーカーやフラスコを用いた試料の分析方法が激変する。ガスクロマトグラフとは、分析したい物質を加熱によりガス化して、そのガス成分を分離・分析する装置のことで、ガス化した試料が内部を通過する際の移動速度の差を、検出器によって測定するのである。例えば、大気中のダイオキシンや血中の薬の濃度、野菜の残留農薬などを調べるのに使われている。

昭和四〇年代半ば、それまでの主力製品だった理化学用ガラス器具の需要が減少し、多くのガラス加工業者が廃業に追い込まれたが、山口硝子製作所では早くから、機械で生産できない、手作業に頼るしかない、ガスクロマトグラフの複雑なガラス部品を製造していたため、時流とは逆に売り上げをのばしてゆくことになる。

更には平成一四年、島津製作所の田中耕一氏がノーベル化学賞を受賞して知名度・信用度が世界的に広まる中、主要取引業者として重要な役割を背負い続けている。現在、一年間に製造する製品の数は一〇万個以上、種類は五〇〇以上にのぼる。

ところで、沢口靖子主演のテレビドラマ『科捜研の女』に出てくるガスクロマトグラフは、島津製作所提供である。つまりあのドラマに山口硝子製作所も貢献しているのだ。

ここで一つ、私の誤解が明らかになった。観光地によくあるガラス工房のように、大きな窯が燃えさかる中、長い棒をくるくる回しながら息を吹き込んで形を作ってゆくのだろうと思い込んでいたのだが、全く違っていた。メインの材料となるガラス管を仕入れたうえで、それをガスバーナーで加工しているのだった。

副代表「うちが主に使っているのは、硬質1級ガラスと言われているものです。その他、ガラスで一番強度が強い石英ガラス、あとは窓ガラスなどに使われるソーダ石灰ガラスなどの種類があります」

管にも様々な内径外径のサイズがあり、当然ながら目的に応じて必要な種類は変わってくる。

代表「三ミリから、下手をしたら三〇〇ミリくらいまであります」

副代表「その中から選んだガラス管を、切ったり焼いたりしながら加工してゆきます」

ガラス加工の基本技術には、引伸ばし、曲げ、玉吹き、管端加工、接合、封じ、巻き、の七種類がある。どれもガスバーナーの火でガラス管を水飴状態にしたうえで、適切な加工を施してゆく。

ところでもう一つ、重大な問題が残っていた。そもそも、ガラスとは一体何なのか？

代表「まあ、液体っていう人もおられますねえ」

液体。それは驚きの発想だった。私にとってガラスは常にかっちりとした形を持っているが、加工の現場にいる人にとっては、水飴状、つまり液体に近い状態の方が馴染み深いのかもしれない。

代表「結晶がないんですね」

またしても意外な発言。結晶がない……。

副代表「うちが使っている硬質1級ガラスで言えば、八〇・九パーセントが二酸化ケイ素、あとはアルミナ、酸化鉄、ホウ酸、ソーダ、酸化カリウムです。ちなみに二酸化ケイ素は、地殻を構成している成分のうちで一番多い物質ですね」

二酸化ケイ素、という言葉などこれまでほとんど口にしたことなどなかったが、まさかそれが地殻を形作る最大要素であったとは、これもまた新鮮な驚きだ。

それにしても、ガラスは最初、どのようにして生まれたのだろうか。

副代表「紀元前四〇〇〇年頃、アラビアの商人が焚火をしている時、積み荷のソーダと砂が混じり、溶けて、ガラスらしいものができたという……」

はるか昔、もはや名前も分からない誰かが手をかざしていた焚火に、一つの偶然が起こった。それはささやかな一瞬だったが、世界を生み出した何ものかがもたらしたとしか思えない、偉大な偶然だった。人間はそれを見逃さなかった。それが未来にどれほどの恵みをもたらすか、そんなことには気づきもしないまま、ただ焚火の中に隠された奥深い秘密に、わけもなく引き寄せられたのだろう。理科の準備室で、歯科医院で、心を奪われていた子どもの私と、焚火を見つめる数千年前の商人は、小さなガラスでつながっていたのかもしれない……。

と、どこまでも想像は広がってゆく。

ここで製品の実物を見せていただく。ガスクロマトグラフは、試料の注入口にガラスインサート、加熱されてガス化した試料が通過する部分にガラスカラム、と呼ばれる部品が使われている。昭和三一年に島津製作所がガスクロマトグラフを開発して以来、ガラス部品を納入し続けている山口硝子製作所には、手作業による高い製造技術の蓄積がある。何千万円の機械の、せいぜい一万円以下の部品ですよ、と代表は謙遜されるが、試料が直接触れる部分でもあり、まさに心臓部と言ってよいだろう。またこれらの部品は消耗品のため、常に供給してゆかなければならない。

副代表がどこからか何気なくガラスカラムを持ってきて下さった瞬間、思わず歓声を上げてしまった。大きさは三〇センチくらいで、手に持ってもさほどの重みはない。しかし何と言っても目を惹くのは、独特な造形美だ。陸上競技場のトラックのような小判型をした細いガラス管が、幾重にも、隙間なくぴっちり重なり合っている。しかもはじまりから終わりまで、すべてが一続きで、どこにもつなぎ目がない。はみ出したり歪んだりしているところもない。数えてみると小判の形は全部で八巻きある。つまり完璧に形の揃った八重の小判型の重なりなのだ。この中を、ガスがくるくると巡るのだろうが、できるだけ狭いスペースで、より長い距離を移動させるために編み出された形なのかもしれない。

副代表「これは全部で三・一メートルあります」

代表「一・五メートルのガラス管をくるくる巻いていって、つなぐんです」

私が目で見る限り、つなぎ目らしい箇所はどこにも見つけられない。そのうえ、どう考えても、ほとんど片手にのるほどのこれが、三メートル以上の管だとはとても信じられない。全く別の種類の物体に生まれ変わっていると言ってもいい。

代表「小判型ではない、ただの円ならば、巻き工具にガラス管を引っ掛けて、バーナーの炎を当てながら、左手で巻き工具を一定のピッチで回してゆけばできます。ただ、このような小判型の場合は、一か所ずつ曲げていくしかありません」

副代表「一定の間隔で丸を作ってゆくのは機械でもできるんです。けれど細長に小判型に巻いていくのは、今のところ人の手でしかできません」

単なる一本の管から、これほどの形を正確に生み出せるのが、人間の手だけであるという事実は、本当に尊い。生まれ持ったこの手に、底知れない可能性が秘められているのを教えられるようだ。もし自分にガラスカラムを作る能力があったとしたら、どんなに誇らしいだろう。一個一個完成するたび、きっと感嘆の声をもらすに違いない。

更に私が心を奪われるのは、こんなにも美しい形をしていながら、その美が決して誰かに見せびらかすためのものではない点である。ガラスカラムは機械の奥にひっそりと潜み、与えられた役目をただひたすら果たしている。そんな自らの姿に美が宿っているなどとは、気づいてもいない。

次に登場したのもまた魅惑的な部品だった。ガスクロマトグラフとは異なる分析機器の部品で、直径四～五センチほどのガラスの筒の中に、螺旋状になった細い管が収まっている。筒の先端は両方とも窄(すぼ)まり、その両端から曲がった小枝のような管がのびている。かなり込み入った構造だが、既に明治時代から使われていた部品らしい。

代表「水を循環させておいて、上から気体を入れます。すると冷えて蒸気が蒸留水になる、という冷却装置ですね。ＮＨＫの朝ドラ『マッサン』で、ウイスキーを蒸留する試作の場面に、同じような器具が映っていました」

またしてもテレビドラマとの関連が明らかになった。テレビのセットでも、手を抜かずに本物を使っているようだ。

それにしても、どういう手順を踏めばこうした形になるのか、見当もつかない。中の螺旋状の管と、外側の筒は、元々別物なのだろうか。

副代表「はい」

簡単に、はい、とおっしゃるが、ぐるぐると螺旋になった、バネのようなガラス管と、もう一本の筒を組み合わせ、更にあちこち手を加えるのだ。簡単にいくはずがない。

代表「バーナーでまんべんなく焼くために、手でガラスをくるくる回します。で、そこから加工に入る時は、一回でやらないときれいにならないんです。金属製品や樹脂製品だったら微調整できますが、ガラスはできません。やり直すと、汚くなってしまう」

つまり一筆書きのようなものだ。一本のガラス管を、一気にこの、規則正しいぐるぐるに持ってゆく。もし、あっ、失敗した、と思ったら、ゼロからやり直すことはできるのだろうか。

代表「いや、もう捨てます」

捨てる、とは何と残酷な。しかも、一人の職人さんが、最初から最後まで責任を持って作られるそうだ。これは神経戦である。

代表「最後の最後に失敗したりすると、もう……ショックです。ベテランの者がこれをやっていて、お腹を壊したとか……」

そう、ガラス部品の魅力は、独特の緊張感なのだ。息さえ止まるような真空の一瞬が、形になって現れ出ている。

一人前の職人さんを育てるには一〇年かかる、と言われているそうだが。

代表「まあ、一〇年かなあ……」

代表は言葉を濁した。数字では表せないくらい長くかかる、ということか。

では、職人さんに求められる資質とは何だろう。器用さだろうか。

代表「違うかもしれません。私らも手は、器用ではないんでねえ。むしろ、想像力がいりますね。図面を見て、絞ったり、引き伸ばしたり、吹いたり、接合したりといった作業を、どういう順番で、どういう道具を使ってゆくか、想像しないと作れません。順番を間違えると、割れてしまいますから」

ここで副代表が、製作所の資料である『知恵の経営報告書』から、一部を朗読して下さった。

「〃ガラス加工基本技術を実践する際に重要となるのは目・手先の感覚です。感覚の変化によって1秒以下の短い瞬間ごとに適切な判断と実行を繰り返すことが必要で、この感覚の変化を定量的な数字やマニュアルに表現する事は非常に困難で、熟練職人が実際に基本技術を行って、大まかなやり方やコツの手本を見せ、それを頼りに何万回と練習して感覚を養っていくしかありません〃」

〃1秒以下の短い瞬間ごとに〃求められる想像力は、作家のそれとは明らかに異なっているはずだ。職人さんはガラスの前で、普通、人が体験することもない、瞬間との対面に生きている。〃何万回〃という言葉から、人の手によってしかできない仕事をされている誇りが伝わってくる。

職人さんの感覚を数値化できないのは仕方ないとして、会社の経営面においては、大雑把な部分を極力少なくしてゆく必要がある。そこで二〇一二年、副代表の信乃介さんは独自の『外観検査基準書』を作成し、これに沿った出荷前検査が実施されている。

副代表「その不良がどういう定義づけなのか、名称なのか、それさえ最初は明確に決まっていなかったんです。お客さんや同業者によって、呼び方もさまざまで。それらを全部聞いたうえで、これは〝カケ〟という名前ですよ、これは〝クラック〟、これは〝バリ〟という不良です、と定義づけをしました。あとは不良のサイズをできるだけ客観的にできないか、ということですね。不良の基準の条件を、製品の大きさによって数字で表せるように決めていったんです」

ガラス加工業界では、検査基準を定めるのは難しいとされていた。ガラスの表面にはさまざまな現象が現れるうえ、手作りのためにその現象も一つ一つ異なり、それら膨大なデータを体系的に整理するのが困難だったからだ。そのため、現場の職人さんが経験に基づいて独自に良品と不良品を判別していた。信乃介さんはそういう難しさを克服して不良例を分析・蓄積し、各不良を約三〇項目に定義。各不良項目において定量的に検査できる『外観検査基準書』を定めた。結果、品質のばらつきを最小限にし、不良品率も〇・〇七パーセント以下まで抑えることができた。若い世代の息子さんが、業界に新しい発想を持ち込んだのだ。

信乃介さんは大学をご卒業後、東京でサラリーマン生活を送ったあと、京都に戻ってこられた。

副代表「住友金属鉱山に四年、勤めていました。最初はずっとそこで働くつもりだったのですが、鉱山から鉱石を採ってきて、地金にし、更にそれを最先端産業の部材、部品にして売る、という仕事をする中、製造業の素晴らしさに気づかされました。四年間で意識がだんだん変わってきて、この自分の思いを、育ててもらった家の仕事に捧げようと、決心したんです」

もし私が自分の息子からこんなふうに言われたとしたら、きっと泣いてしまうだろう。ただこの『外観検査基準書』、現場の職人さんたちにすんなり受け入れられたわけではなかったようだ。

副代表「最初はかなり抵抗があったんじゃないですか。検査基準ができたのは七年前ですけれど、ようやく馴染んできたのは、ここ一年、半年くらいです。まず、基準に照らしてやるのが面倒くさい、そういうやり方が合わない、という声がありました。人によっては、検査基準が甘すぎる、自分はもっと厳しい基準でやっている、という場合もあります。もちろん逆もあるんですが、とにかく会社の存続を考えれば、全員、共有した意識を持つことが必要になってきます」

もう一つ、信乃介さんが大企業での勤務経験を生かして取り入れたのが、作業指数の設定だった。五〇〇ある製品の種類、一つ一つを作るのにどれくらいの時間が必要か、リードタイム（生産時間）を設定し、一人一人の職人さんの忙しさを目で見える数字に表したのだ。

副代表「大きな工場でしたら、計画担当者が、これだけの仕事ならこれだけの時間でできるはず、というのを決めて、工程管理、生産管理をします。しかし我々の仕事は手作業なので、調子が良かったり悪かったりしますし、技術の差にも左右されます。そのため読めないことが多いんです。ある人にだけ負担が偏るような事態が起こります。やはり生産管理のためには、製造業の工場に準じた管理基準が必要だなと感じました。まず、五〇〇種類の製品の、主に価格から算出した難易度をA、B、C、D、E、F、G……と一五段階に分け、難易度ごとに指数、点数を割り振ります。分業している製品に関しては割合を決めます。それで一覧表に納期を入力すると、その人がその製品に対して負わなくてはならない指数が出てきます。スケジュールの更新に合わせてこちらも更新され、二週間おきの忙しさが分かるようになっています。それを見ながら、ある人に負担が偏ってきたら、シェアできる作業は違う人に割り振ったり、指数が低いのに残業が続いていれば、やり方を見直したり、ということをやっています」

数値化できない職人技を、数値によってより有効的に生かす。この難しい矛盾が、見事に融合していると感じる。これも、代表と副代表、二つの世代が断絶することなく一続きになって会社を守っておられる証拠だろう。

実はもう一つ、どうしても見せていただきたいガラス製品があった。仏像の眼である。山口硝子製作所では、理化学用ガラス器具だけでなく、ミニチュアワイングラスやランプシェードなどの装飾用ガラス製品とともに、仏像の眼球も作っているのだ。ああ、目玉、持ってきましょうか、と副代表が言って下さった。

実物は想像と違っていた。いわゆる眼球、球体をイメージしていたが、実際はコンタクトレンズに近く、角膜、といった感じだ。大小、サイズがさまざまなだけでなく、切れ長もあれば、真ん丸の目もある。仏像の他、祇園祭のタペストリーにはめ込まれるものや、全国のお祭りの山車（だし）に飾られる虎や龍の眼、木馬の眼など、一個の注文から応えている。

先ほどお話に出た、一五段階ある難易度でいくと、一〇番め、中の下くらいの難しさらしい。

副代表「一個ずつ違います」

代表「お客さんは原寸大の絵を持ってこられて、これを作ってくれ、とおっしゃるだけです。理化学製品は図面に、高さや太さが全部きっちり書いてありますが、これの場合、あとはお任せですわ」

副代表「あまり高い値段もつけられませんし」

分析・計測機器用ガラス部品と仏像の眼。あまりに両極端に思えるが、複雑な部品を作る技術があるからこそ、規格のない、一個一個が特別の眼にも対応できる。寸分の狂いもなく同じ形を作り出すことと、微妙に形を変えることとは、矛盾しているようでありながら、それを支える根っこの技術は共通しているのもしれない。

それにしても、仏像の、しかも一番肝心な眼が自分の手の中にある、というのはどんな気持ちなのだろう。さぞかし緊張すると思われるのだが……。

代表「いや、もっと金額の高いものを作っている時の方が、手が震えますよ」

そう言って代表は軽やかな笑い声を上げた。

さあ、いよいよ工場へ案内していただく。一旦外へ出て、細い通路を通って奥へ進んでゆくと、思いがけず広い空間が開け、そこに二つ作業場が建っていた。かなりの歴史を感じさせる建物だ。周辺には液体窒素のボンベや最終熱処理装置、網状の籠や台車等々が見受けられ、いかにも町の製作所、といった雰囲気を醸し出している。

まずは向かって右側、一つめの作業場へ。広さは学校の教室くらいだろうか。両側の壁に沿って作業台が並び、職人さん一人一人のスペースに、ガスバーナーなど必要な道具がセットされており、その時はちょうど三人がお仕事中だった。作業台の上から作りつけの棚、台の下まで、実にさまざまな品々が置かれ、足元にはチューブが何本ものびている。機械、工具類、加工前のガラス管はもちろんのこと、文房具、書類、バケツ、ピンセット、バット、箒(ほうき)……その他、名称も用途も分からないものも多い。しかし雑多というのではなく、各々の職人さんにとって使い勝手のいい秩序が、保たれているのがうかがえる。ガラス管を加工する、と言葉にすればその一言だが、実際の現場ではこれほどたくさんのものが必要とされているのだ。

バーナーの音はしているものの、あたりを占めているのはやはり静けさで、黙々、という表現がぴったりだ。先ほどの部品たちに凝縮されていたのと同じ緊張が、一つ一つの作業台にも満ちあふれている。

左手奥で作業中のお仕事を見せてもらう。直径二五ミリと八ミリのガラス管がつながって一本になった管の、太い方の出口付近に、細く短い管を直角に取りつけている。台の手前にセットされたバーナーの炎にガラスをかざしながら、口からはチューブで息を吹き込んでいる。三一歳の若い職人さんだ。

副代表「この枝をつける作業は、機械ではできません。どんなに大きい工場でも手で作業しています。バーナーで溶かして、馴染んだのを見ながら次の違うポイントをまた溶かして……という、度合いを見てゆっくりやるのが、機械には難しいんですね」

私たちが話をしていても、職人さんのリズムは全く狂わない。受け入れ側のガラス管の一か所をバーナーの炎で熱し、適度な柔らかさになったところで枝を取り付け、接着部分にまた炎を当て、馴染ませ、その間に適切なタイミングで空気を送り込む。そして最後にもう一度、炎で炙(あぶ)って仕上げる。すべての動作に無駄がない。

ちなみに、形が整ったあと、再度炎に入れるのは、俗に〝もどし〟と呼ばれるもので、ひずみを取るための作業だ。

副代表「加工によってガラスの組成に偏りが生じるのですが、そのひずみを加熱によって取り除く熱処理です。ひずみがあると、そこから割れてしまうんです」

〝もどし〟でさらす炎の温度は、接合よりも低い五〇〇～六〇〇度。また、完成後、電気炉へ一定時間入れ、同じく五〇〇～六〇〇度で熱し、更なるひずみを除去してゆく。熱によって生じた変化を、温度の違いを使いながら、同じ熱によって戻す、というのが面白い。

このひずみをチェックするためのガラス歪検査器を、覗かせてもらった。薄緑色をした、両手で抱えられるほどの箱型の機械だ。すると、ひずみが黄色っぽい筋になり、土星の輪のように浮かび上がって見えた。温度を上げてゆく過程で、形は変えずにひずみだけを取り除き、あとはゆっくり冷ましてゆく。

バーナーの炎は、うっかりすると見逃しそうなほどにか細く、頼りなげに揺らめいている。しかし見た目とは裏腹に、油断できない高温を発している。バーナーの炎で最も高い箇所は、外炎と内炎の境で、一八〇〇度ある。内炎が〝もどし〟に使われる五〇〇度、外炎は一五〇〇度だ。

職人さんがこの小さなガラス管のために、どれほどの神経を使っているのか、想像もできない。背中だけを見ていると、何事も起こっていないかのようなのに、実際には、指先、目、足、呼吸、あらゆる部分が研ぎ澄まされ、魔法のように次々と枝付きガラス管が生み出されている。

その時、作業の段階で刻々と炎の色も変化しているのに気づいた。不意に、綺麗なオレンジ色が立ち上ったりするのだ。

副代表「ナトリウムが燃えてオレンジ色になるんです」
目に有害なその光を遮断する特殊なメガネをかけさせてもらうと、一瞬で色が消えた。これもまた魔法だった。静かな通りの奥まった一角で、こんな不思議が起こっていると、誰が想像できるだろうか。

そのお隣では、極細のガラス管を木製の台のようなものにあてがって、同じ長さに切っている。傷を入れ、スパッと切断してゆく。昔、往診してくれるお医者さんが、薬のアンプルにナイフで一周傷を入れ、パキッと折るのに憧れを抱いていた。全くあれと同じ感触が伝わってくる。

傍らには、切断を待つガラス管が束になって立て掛けられていた。透明なその束に光が反射し、上等の絹織物がなびいているように見えた。一方、作業台はあちらこちら塗料が剝げてまだら模様になった中に、無数の傷と手の跡が残り、触れると、長年の間に染み込んだ職人さんの体温が伝わってくるようだった。そうしている間も切断作業は延々と続けられていた。

お二人とは背中合わせになる台で作業中なのは、キャリア六六年のベテランの職人さんだった。六六年間、一つのことをし続ける。その数字の重みに圧倒される。太さの異なる管がつながった接合部分に、バーナーの炎を当てている。手づくりの専用メガネなのか、修理をしていないだけなのか、蔓（つる）が取れてなくなっているのを、白い紐で結んで耳に引っ掛けておられるのが、味わい深い。

副代表「今まで見ていただいたのは全部硬質ガラスでしたが、これはまた別の種類の石英ガラスです。一番熱に強くて割れにくく、コストも一〇倍くらい高い。加工が非常に困難なんです」

だからベテランの職人さんに任されているのだろう。管の接合部分の白っぽくなっているところに、バーナーの炎を当てると、いつの間にか白色が消え、つなぎ目が分からなくなってゆく。接合するための炎より、やや低い温度になっている。別に温度計でいちいち計るわけではない。炎の状態を見て、職人さんが判断する。職人さんの目にはきっと、六六年間、ガラスと向き合った人にしか感じ取れない世界が映っているはずだ。

中央のテーブルでは、完成品が出荷を待っていた。

副代表「先ほど話していたガスクロマトグラフの消耗品です。これで、八〇〇本あります」

思わず、可愛いという言葉が口をついて出た。日用品の中ではお目にかかれない、くるくるした独特な形だ。最先端の科学的な機械の中に、こんな愛らしい部品が隠れているのが、不思議でもある。ただ、繊細な形状だけに、梱包が大変なのではと思われるが……。

副代表「基本的には作った人が梱包します。プチプチをたくさん巻いて、新聞紙で保護して」

そのあたりは、私たちがガラスの食器を運ぶのと変わりはないようだ。

次に、もう一つの作業場へ移動した。ここで最初に目に飛び込んできたのは、モーター音を響かせて回転する火炎加工用の機械、旋盤だった。これまで見てきた機械といえば、ガスバーナーとガラス歪検査器くらいだったので、とても大掛かりなものに思える。

副代表「どこのガラス加工会社でも、旋盤と手作業、この両立はスタンダードですね」

さて、その旋盤とは多少異なる、ガスバーナーのついていない、研磨回転盤で職人さんが、輪切りにされた金太郎飴のようなガラスの縁を研磨している。回転盤の高速回転と、手に持ったガラスを押し当てる際の微妙な回転が相まって、金太郎飴は次々とつややかになってゆく。これでミクロン単位の寸法を調整できるという。

回転盤の円に沿って被せられたタオルが、飛び散る研磨剤を吸い取って変色し、機械の一部のように馴染んでいる。そればかりか、両膝に肘をつき、上半身をかがめ、ひたすら指先のガラスに視線を集中させている職人さんの姿もまた、回転盤と一続きになっている。回転盤とガラスと人、そのつながりのどこにも切れ目がない。

もう一人、職人さんが別の一角で、もっと小さな製品の研磨をされていた。先ほどのような大きな回転盤ではなく、片手に納まるほどの機械で、注射器のようなガラス部品の先端を研磨してゆく。終わると、ガラスの粉が付着しないよう、青いプラスチックのケースに張られた水の中に並べられる。さっきまで炎に接していたガラスが、ここでは水に浸されている。綺麗に磨いてもらってさっぱりした様子の注射器たちが、規則正しく列をなしている。一本として、自分だけが目立とうとしたり、他の誰かを出し抜こうとしたりするものはいない。自らに与えられた場所を、黙って守っている。それは、職人さんの姿そのものだ、とも言える。

ふと視線を上げると、壁に貼られた火の神様のお札が目に入った。その横に、こんな標語が掲げられていた。

〝努力して身につけた高い技術で、社会に役立つガラス製品を作ります〟

帰り際、代表の奥様、明美さんから、お嫁にいらした頃のお話を伺った。当時は、大姑、姑、舅の大家族の中、信乃介さんをおんぶして、従業員たちの夕食を何十食と作られたそうだ。でもそれを、大変そうにではなく、にこやかに、楽し気に話された。

今は信乃介さんもご結婚され、お孫さんもいらっしゃる。家族がつながってゆくことと、ガラス加工のお仕事が途絶えることなく続いてゆくことが、こんなにも見事に重なり合っているのは、やはり経営の根本に、家族愛的な温かさがあるからだと思う。ガラス加工の技術を習得するには、長い年月がかかる。愛情と忍耐がなければ、職人さんを育ててゆくことはできない。人間がガラスと出会ってからの長い歴史の中、ＡＩ全盛の現代にあって、この地道な努力が引き継がれている現場を目の当たりにできたのは、幸福な体験だった。人間の手がいかに尊い仕事をするか、実感するひとときでもあった。

お土産に美味しいお茶葉を頂戴し、お礼を申し上げて玄関扉を閉じると、そこはやはり、何事もない新丸太町通りだった。その奥で、人の手によって刻々と生み出されているガラスの驚異的な形を胸によみがえらせながら、帰途についた。

参考資料　『知恵の経営報告書２０１４』
（山口硝子製作所　山口誠・山口信乃介）

身を削り
奉仕する

北星鉛筆株式会社
2019年12月取材

右手の中指、第一関節のところにペン胼胝（だこ）がある。ペン、と名前はついているが、ほとんど鉛筆によってできた胼胝だ。

パソコンに向かって小説を書いている最中、行き詰まって立ち往生すると、無意識にペン胼胝を見つめていることがある。小学校に上がり、自分の鉛筆を買ってもらった誇らしさ。どんどん字を覚えていった喜び。アンネ・フランクの真似をして毎日つけていた日記。感動した小説の一節を書き写していた大学ノート。コクヨの原稿用紙に初めて書いた小説……。中指のその膨らみに込められた、人間の体が変形するほどの長い時間が、次々とよみがえってくる。書く、という行為を飽きることなく積み重ねてきた先に、小説を書く今の自分があるのだと改めて気づかされる。そうして再び、作品に向き合うエネルギーを得るのだ。

鉛筆の発明には、ヨハネス・グーテンベルクの印刷技術や、スマートフォンにも劣らない重要な意味があるように思う。インク壺も硯も墨も必要なく、ポケットにおさまるたった一本の棒だけで筆記が可能になったのである。おかげで人は机の前を離れた場所、例えば旅先でも屋外でも、思いついた時にそれを取り出し、気軽に何でも書き記しておける。更にそれだけにとどまらず、消すことができる。なかったことにできる、とは何と画期的な自由だろうか。つまりメモを取る、スケッチをする、という概念が鉛筆とともに生まれた。

ここで思い浮かぶのは、森を旅した思想家、ヘンリー・ソローである。ソローの父親は鉛筆製造業を営んでいた。家業は継がなかったものの、ソローはまっさらの鉛筆が詰まった箱から、さっと一握りで一ダース、一二本をつかむことができたらしい。

文化人類学者、今福龍太さんの『ヘンリー・ソロー　野生の学舎』には、こんな印象的な文章が出てくる。

〝……鉛筆は彼の魂にもっとも近い筆記用具だった〟

〃まっ白なノートと鉛筆。ソローの、繊細で、野生的で、かつ社会批評的な思想のはじまりは、つねにこの素朴な二つの道具の触れ合う接点にあった〃

ソローが残した、葉っぱや鳥の羽根のデッサンを見れば、森での感動をできるだけ新鮮なまま記しておこうとする、心浮き立つ様子が伝わってくる。もしソローの生きた時代に鉛筆がなかったら、あの深い真理をすくい上げる彼の思想は、生まれなかったかもしれない。

そう考えれば、派手な飾りもない素朴な姿で、日常の風景の中、さり気なくそこに転がっているだけの一本の鉛筆がいかに偉大であるか、気づかされる。自らの身を犠牲にして黙々と紙の上を行き来し、やがて短く消えてゆく鉛筆。筆記用具が多様化し、パソコンが威張っている現代だからこそ、今一度、鉛筆に心を寄せるべきではないか。との思いを抱え、東京都葛飾区四つ木にある北星鉛筆株式会社を訪れた。

想像していたより荒川はずっと大きな川だった。橋を渡り切った先、京成電鉄の四ツ木駅を過ぎてすぐ、タクシーの運転手さんが「あっ、キャプテン翼だ」と声を上げた。道路脇に、漫画『キャプテン翼』のキャラクターの像が設置されていた。あとで調べて分かったのだが、作者の高橋陽一さんはまさに四つ木のご出身だった。

ほどなく幹線道路を曲がり、住宅街に入った。工場があるような雰囲気はないな、と思った時、〈KITA-BOSHI〉の文字と、カラフルな鉛筆の絵が描かれた建物が、マンションの間から不意に現れ出てきた。そこが北星鉛筆の工場だった。

まずは事務室で、代表取締役社長、杉谷龍一さんからお話を伺った。鉛筆への情熱がひたひたと伝わってくる、作業服のよく似合う五代目の社長さんである。

杉谷家の先祖は、江戸幕府で書記（祐筆）を務めていたが、幕府解体後、屯田兵として北海道へ渡り、そこで木材と出会うことになった。

「木材を商売にするなら、普通、建材の方にいくと思うんですけど、元々が書記係でしたので、これからは鉛筆の時代になる、と見越し、明治四二年（一九〇九年）頃、鉛筆の板専門の木材屋、杉谷木材を興しました。北海道で木を伐り、鉛筆にするための板の状態にして、日本全国の鉛筆屋さんに売っていたのです。

その後、関東大震災で被災した月星鉛筆が、北海道へ疎開してきたのですが、ほどなく廃業となり、あとを引き継いだ時に、北海道の〝北〟をとって北星という名前が生まれました」

とても綺麗な名前だ。きたぼし、と訓読みをするから尚いっそう、北の大地の雄大さ、清々しさと、星の持つ神秘が響き合い、忘れがたい印象を残す。この鉛筆を使うだけで、何か美しいものが書けそうな気がしてくる。もう一つ、偶然とは言え、社長のお名前には木に関わりのある杉の字が入っている。江戸幕府の書記係だったことから現在まで、すべてが鉛筆を通して一つの運命でつながっているようだ。

昭和に入り、終戦を迎えてようやく日本が落ち着きを取り戻した頃、月星鉛筆の東京設備を買収。北海道から東京に移動して、北星鉛筆株式会社が設立される。初代は現在の社長の曾祖父にあたる、杉谷安左衛門氏。昭和二六年(一九五一年)のことだった。

さて、お名前に杉は入っているが、鉛筆に杉は使われないらしい。

「昔はシナノキや、アララギノキなどを使っていました。しかし、昭和四〇年代でしょうか、固定相場が崩れて、安い木材が海外からどんどん入ってくるようになり、今はアメリカ、カリフォルニアにある、インセンスシダーという木を専門に扱う会社から輸入しています。インセンスシダーは鉛筆に向いている木なんです」

鉛筆に適した木の条件とは何なのだろう。

「やはり、削って使うのが鉛筆ですから、切削性がよく、しかも曲がらない。ふにゃふにゃした木だと、中で芯が折れてしまうんですね。曲がらないで、サクサク削れる。それが条件です。ヒノキのような高級な木がいい、というわけではないんです」

確かに、鉛筆削りでもナイフでも、削る時のサクサクした感触は気持ちがいい。微かに漂う木の香りと、つぶやくような乾いた音、指先から伝わる手ごたえは、不思議に心を落ち着かせる。何であれものを書く時には、心の落ち着きが必要であり、元々鉛筆はその作用を備えているのだろう。

「鉛筆のクレームで一番多いのは、芯が折れる、というものです。ただ、鉛筆は木で守られているので、中で芯は絶対に折れないんです。落としても投げても、衝撃で折れることはありません。落としたくらいで折れるようなら、鉛筆は作れないですよ。鉛筆削りでガラガラやって、芯に負担がかかって折ってしまう。芯が出ると、そこに力が加わって、木が薄くなり、守れないから折れるんです」

そこで北星鉛筆が開発し、二〇一九年の二月から販売しているのが、芯の折れない削り器〈日本式鉛筆削り６３４（むさし）〉である。これまでドイツ式の削り方を真似していたのを、全く違う新たな発想で開発した製品だ。見た目はごく普通の削り器に見えるが、細部にわたって画期的で繊細な技術が用いられている。

「六角形、三角形、四角形の鉛筆、みんな折れずに削れますよ、という意味の６３４（むさし）、です。丸いのはいいんですけど、三角や四角だと、芯の周りの木が薄かったり厚かったりして、硬い部分と柔らかい部分が交互に来ます。すると芯先がぶれて、折れちゃうんですよね。それを６３４は、二段階で削るんです。一段階めで、まず木の部分を削って全部丸にして、テコの原理による過度な負担がかからないようにする。二段階めは木の部分が半分に減っているので、半分の力で削る。力がかからず、芯がぶれずに済んで、折れないのです。色鉛筆や、化粧品の眉墨のような柔らかい芯でも全然折れません」

この小さな鉛筆削りの中で、そのように複雑なことが起こっているとは驚くばかりだ。

ちなみに鉛筆の断面は正六角形が一般的になっている。三本の指を使うので、三の倍数が持ちやすい。また丸より転がりにくいため、学校で推奨され、普及した面もあるらしい。ただ、丸い方が芯を守るには適しているため、色鉛筆など芯の柔らかいものは丸い形状が多い。絵を描いたりするのにさまざまな持ち方をする場合、角が邪魔にならないという利点もある。

「刃は、国産の鉛筆削りの刃を作っている、日本に一社しかない会社の製品を使っています。切れ味がとてもいいんです。それを鉛筆に対して最適な角度で取り付ける。世の中にはよくない削り器がたくさんあります。しかし、芯が折れるのを鉛筆のせいにされてしまう……。一生懸命にいい鉛筆を作っても、電動でバーッと削ってしまえば、無駄に短くなるばかりです。634は、中が見えるようになっていて、自分が必要な分だけ削れるので、無駄がありません。鉛筆が長持ちする。せっかく作った鉛筆を、長く大事に使ってもらおうと、この634を作りました」

どんどん折れて削られてしまえば、それだけたくさん鉛筆が売れる、と考えるのはあまりにも浅はかすぎる。高い志がなければ、本当の意味でものを作ることはできない。小さな鉛筆削りには、この会社の鉛筆に対する誇りと愛が、込められているのだ。

ところで、鉛筆にはどのような歴史があるのだろうか。

「元々は一六世紀の終わり、イギリスで、鉛筆の芯となるものが発見されたのがはじまりです。イギリスのボローデール鉱山で、羊飼いが黒い塊（黒鉛鉱）を見つけ、それで羊のお尻に目印をつけたんです。そこから、これは筆記に使えるということで、その塊を木で挟んだり、布や紐で巻いたり、木の先に差したりしてものを書くのに用いたのが鉛筆のはじまりです。当時は黒鉛をそのまま削り出して使っていたんですね。そういう時代が二〇〇年ほど続きました」

ここに羊飼いが登場するのが面白い。たぶんその羊飼いは、「あっ、これは便利でいいや」というくらいの何気ない気持ちで、羊のお尻に黒鉛鉱をこすりつけたのだろう。生き物とともに、常に自然の中を歩き回っていた人が鉛筆のはじまりをもたらしたとすれば、彼は、鉛筆が自然の産物である事実を証明していると言える。

「一七九三年にイギリスとフランスの間で戦争がはじまると、フランスではイギリスから黒鉛が入らなくなってきます。ドイツでもいい黒鉛は採れなかった。そこで発明家のニコラ＝ジャック・コンテが、粘土と黒鉛を混ぜて焼き固める芯を開発したんです。そうなると自分の好きな形に成形できるので、鉛筆の量産化が可能になりました。それ以前には、膠(にかわ)と硫黄を混ぜて作っていたのですが、強度が出ず、もろかったため、粘土を混ぜる方法が現在にも引き継がれてゆくことになります」

粘土を混ぜる方法のおかげで、黒鉛の節約もできるようになった。

「粘土と黒鉛の割合で、硬さも自由に変えられ、鉛筆のバリエーションが増えて、工業化につながり、改革が進んでいったのです」

黒鉛が多く粘土が少ないと、軟らかくて濃い芯。黒鉛が少なくて粘土が多いと、硬くて薄い芯になる。「B」「HB」などの芯の濃さを表す記号も、コンテさんが考えた。同じ硬度でも、夏は濃く、冬は薄くなるらしい。

「日本に現存する一番古い鉛筆は、徳川家康が持っていたものです。オランダからの贈り物ではないかと思われます。静岡県、久能山東照宮博物館に納められています」

北星鉛筆でも、芯の製造はされているのだろうか。

「昔はしていたのですが、住宅地の中で黒鉛の粉を扱うのはなかなか難しい状況になってきまして、ある時期以降、山梨の芯メーカー、オリエンタル産業さんから買う形になっています。ただ、黒鉛とは言っても、鉛が入っているわけではありません。ダイヤモンドと同じ炭素の塊です。単に色が鉛色なので、鉛の字を当てただけなんです」

芯をなめると心なしか鉛の味がして、体に悪い気がしていたが、実際、鉛筆の製造過程において、口に入れてはいけないものは何も使われていないそうだ。

「粘土と黒鉛を混ぜたものを、芯の長さに切り揃え、乾かします。水分が全くなくなったところで、今度は一一〇〇度、一二〇〇度の窯に入れて焼きます。陶器の茶碗と同じです。ここで素焼きのような状態になります。これだけでは中に気泡があって、折れやすく、書き味もよくありませんから、その気泡に油を染み込ませるんです。煮立った油の中に、ジャッと入れて、含浸させる。そのことによって滑らかな書き味と折れにくい強度を生むんですね」

鉛筆の製造に煮立った油が必要だとは思いもしなかった。鉛筆で手が汚れる原因は、この油らしい。

書き味と強度の追求はこれだけに留まらない。

「粘土に石などの不純物が入っていると、ザラザラして滑らかに書けないため、水で溶いてどろどろにして、何回も洗って不純物を取り除き、上澄みのきめの細かい部分だけを使っているのです」

一方、木の方はどうなっているかと言うと……。

「一回茹でます」

これまた驚きの展開ではないか。

「中の細胞を壊して、削りやすくするためです。細胞をつないでいるいろいろな成分を、茹でることで抜くんです。それを完全に乾かしたところへ、パラフィン（蠟）を染み込ませます。すると、表面がつるっと仕上がって、きれいに削れる。プラス、湿気を吸って曲がったり、腐ったりすることを防いでくれます。生木だとどうしても、カビが生えたりすることもあるので」

ここまでお話を伺って分かるのは、とにかく鉛筆は単純な作りではない、使う人が思うよりもずっと複雑で繊細な道具であり、あの簡素な形の中に実に丁寧な作業が隠されている、という事実だ。

「鉛筆は東京の下町の地場産業なんです。荒川、足立、葛飾、この三区にほぼ集中していて、三〇軒以上の工場があります。木を削る、色を塗る、文字を印刷する、消しゴムを取り付ける、そういった部分的な加工だけをしている会社があるので、そういうところにお願いしながらやっています。うちだけでだいたい全部の工程ができるにはできるんですけれど、効率の問題もあって、うちで六割仕上げて、四割外注に出す、という感じでしょうか。お互いに協力し合って、盛り上がっていければいいなと思っています。

ただ単に書ければいいというだけでしたら、今の日本の鉛筆屋さんはないですよ。外国製に負けてしまって。海外製の粗悪品でいいはずです。しかし、日本人は鉛筆に、書ければいい、だけじゃないものを求めている。○・○何ミリの単位で木を削り、芯にぴったりした溝を掘る。正確な六角形を作り、中心に芯をおさめる。当たり前なんですけれど、それが難しい。精度で言えば、伝統工芸のレベルです。しかもそれを大量生産してゆく難しさがあります。やはり、日本人が求めてくれるからこそ、日本製がやっていけるんです」

一時期、海外製の鉛筆は、一〇〇円ショップで買ってはいけないもののベストテンにランクインしていたらしい。

鉛筆は自然の中から生まれ、直接、人間の手とつながっている。体の一部となって、人の内側からわき出てくるものを形にする。だから、ちょっとした不都合が気にかかる。滑りに抵抗があったり、上手く削れなかったり、芯が折れたりして、鉛筆と手の間に断絶が生じると、思考も感受性も途切れてしまう。理想は、持っているのを忘れるような鉛筆なのかもしれない。鉛筆と自分が一体となって、一つのことに向かっている、と思わせてくれる鉛筆。それを実現させるために、北星鉛筆ではひた向きな努力が続けられている。

ただ残念ながら、鉛筆の使用量が減少しているのは否めない。

「需要のピークは、だいたい、団塊の世代の方々が大学に入学した、昭和四〇年くらいの時期でした。そこから下がってゆくんですけれど、その一番の理由としては、子どもの数の減少より、国産ボールペンの登場が大きいんです。昔、事務用の仕事は全部鉛筆でした。仕事で、書くといったら鉛筆、の時代から、国産のボールペンが出て、グーッと伸びてくる。鉛筆とボールペンのグラフが、ちょうどXの形で重なるんです。それに比べれば、子どもの数に伴う減少はなだらかな下降で済んでいます。ピーク時、日本全国で作られた鉛筆は年間、一三億本くらい。今は二億本くらいです」

北星鉛筆では現在、一年にだいたい二〇〇〇万から二五〇〇万本が製造されている。一日に、一〇万本のペースである。いくら減少しているとはいえ、数字だけを聞くとやはり、想像の範囲を超えている。

　しかし北星鉛筆はただ単に鉛筆を作っているだけではない。鉛筆を通して社会に働きかけ、未来につながる新しい価値を生み出そうと努めている。先にお話に出た、〈日本式鉛筆削り６３４〉の開発がまさにそうであるし、もう一つ、製造過程で四割が削りかすになり、産業廃棄物として捨てるしかなかったおがくずを、リサイクルするために開発された粘土、〈もくねんさん〉がある。木の粘土で〝もくねん〟に〝さん〟をつけた愛嬌のある名前のそれは、木の色合いが独特のニュアンスを生み、扱いやすいと評判の粘土だ。微生物の分解により土に還るため、環境にも優しい。日本商工会議所会頭賞をはじめ、数々の賞を受賞している。他にも、木彩画絵具〈ウッドペイント〉、バーベキューや暖炉の補助薪〈着火薪〉も製品化されている。おがくずの再商品化事業の成功により、その収益が鉛筆製造に還元され、更なる品質の向上とコストの削減に生かされている。

　こうした取り組みの集大成が、平成二四年（二〇一二年）にオープンした〈東京ペンシルラボ〉だろう。

「三五年ほど前からずっと小学生の社会科見学を受け入れていたんですが、より鉛筆の良さを知ってもらうための拠点として、工場の敷地内に鉛筆資料館、東京ペンシルラボを作りました。それと同時に、この建物の壁を鉛筆柄にしました」

タクシーの中で目に飛び込んできた、あの絵だ。芯先を真っすぐ空に向けた鉛筆の絵は、町に調和しながら、同時に北星鉛筆の精神をよく表しているように思う。

東京ペンシルラボでは、豊富な資料により、鉛筆の歴史や製造方法、秘密などを勉強することができる他、もくねんさんやウッドペイントを使ったワークショップも開催されている。

「基本的には、鉛筆を通して何ができるか、ということです。いかに鉛筆を作り続けるか。鉛筆の価値が減ってきたなら、新たな価値を作らなければならないんです」

実は北星鉛筆に伺う前、会社の資料に目を通していて最も心惹かれたのは、こちらが行っている鉛筆供養だった。

「短くなった鉛筆のいい使い道はないか、という問い合わせを多くいただき、鉛筆メーカーとして何かできないか、考えました。使った鉛筆を捨てられないのは、そこに価値がある証拠ですから。その価値を無にせず、供養をしてあげることで、気持ちよくお別れができるんじゃないか。ものを大切にする心を、そこから学んでもらえれば、鉛筆の価値も上がってきます。

人形や、針や、刃物もそうですけれど、人間が長く使っていると、魂がこもってくるんですね。人間の気持ちですよね。それで、鉛筆神社というのを作って、供養をしています」

毎年、一一月二三日、工場の敷地内にある鉛筆神社で、鉛筆供養の式典が行われている。あらかじめ使い終えた鉛筆を会社に送っておけば、代理供養を行ってくれる。また、東京ペンシルラボ内には、鉛筆供養のお地蔵さんがあり、短くなった鉛筆（五センチ以下）五本を入れると、オリジナルの新しい鉛筆一本と交換してもらえる。

以前、田辺聖子さんの文学展で、削る余地のほとんど残っていない短い鉛筆が、菓子箱一杯に詰まっているのを見たことがある。その短さが、つまりは原稿用紙に書きつけられた膨大な言葉を表しているのであり、作家という仕事の凄まじさを見せつけられた思いだった。

鉛筆はただ単に短くなってゆくのではない。何か別のものに置き換わっているのだ。

「減った分だけ、何かを生み出しているんですよ。子どもたちが勉強をして、夢をかなえてゆく。それを担っているのですから、鉛筆は素晴らしいなと思います」

鉛筆は子どもたちの未来を支えている。何と尊い言葉だろう。自らが作っているものに対して、こんなふうに思えるのは、本当に幸せなことだ。

「我が社には大切に受け継いでいる鉛筆の精神があります。

〝鉛筆は我が身を削って人の為になり真ん中に芯の通った人間形成に役立つ立派で恥ずかしくない職業だから、鉛筆のある限り、家業として続けるように〟

人間にも言えることを鉛筆が表しているんですね」

ここに、先々代の社長で、現在の相談役、杉谷友民さんが加わって下さった。龍一社長のおじい様の弟さんに当たられるそうで、頂戴した名刺には、〝鉛筆製造技術コンサルタント〟の肩書があった。声は溌剌（はつらつ）として、お顔の色つやもよく、その場をぱっと明るくするエネルギーにあふれていらっしゃる。あとで九〇歳と伺い、驚きのあまり思わず声を上げてしまった。

相談役「今、日本で使われている鉛筆の機械の製造にはほとんど関わっているので、壊れると、皆が相談に来るんです。うちの工場だけじゃなく、業界のいろいろな鉛筆屋さんから」

先ほど龍一社長がおっしゃっていたように、業界全体の結束の固さがあってこそ、守られている技術があるのだろう。相談役、の名のとおり、いかにも頼りになる、心強い友民氏である。

相談役「北海道から東京へ移転することになったのは、昭和二五年、私が高校生の頃です。東京は空襲にやられて、二五年からでないと進出できなかったんです。うちは月星鉛筆を買ったんですけど、マーク代が高かった。当時、三万円。とても買えないから、同じ星で北星がいいだろうと、親父が名付けました。北海道には、北星(ほくせい)っていう学校も、北星(ほくせい)駅もありますよ」

相談役は、ちょうどボールペンが台頭してきた難しい時代のお話をして下さった。国産初のボールペンは、まだボディーがプラスチックではなく、木製で、それを北星鉛筆が手掛けていた。

相談役「鉛筆が減ってきても、ボールペンの木の軸が作れたんです。当時はまだいいプラスチックがなかったから。木に穴をあけて、上手くずらさないように中芯を入れるのは、難しいんですよ。その困難を克服するために、三つくらい新しい機械を作って、どんどん改良して、その技術を惜しみなく皆にも教えてね。ひと月に一二〇万本くらい作っていました。工員さんも七〇人ほどいたんです」

こうしたボールペンの経験が、鉛筆の技術を磨くのにも役立ったそうだ。

相談役「ところが、プラスチックが木よりも安くなっちゃった。ある日突然、ボールペンの仕事がなくなった。困っちゃってねえ……」

ここで次に打った手が、スーパーのダイエーで鉛筆を売る、という道だった。文房具店で扱われるのが一般的だった時代、スーパーの売り場に鉛筆を並べるのは新しい発想と言えた。

相談役「ダイエー創業者の中内功さんと交渉して、全国のダイエーで売る鉛筆三七種類、定番（常にすべての店舗に並んでいる商品）を取って売ったんです。そして、三本で売るのを、私、考えてやりました」

社長「当時、ダース箱が主流で、三本売りはありませんでした。それをこちらで考えて、ダイエーに提案したんです。今の三本入りの始まりですね」

相談役「ところがね、それがまた、あそこが、ダイエーが駄目になって……。そのうちに私、年取っちゃって、これのお父さんに社長を譲りました」

そこから更に、リサイクルやペンシルラボなどのアイデアが生まれ、新たな発想の鉛筆も作られ、今につながっている。

「いやー、長生きしていると、いろいろなことがある。寝られない夜が、人生に四回ばかりありました」

そう言って相談役はさわやかな笑顔を浮かべた。その横で社長が、「四回で済んだんなら……」と言って微笑んでいた。

先に東京ペンシルラボを拝見し、それからいよいよ工場を見学させていただくことになった。

事務所を出てまず目に飛び込んできたのは、案内表示の可愛らしさだった。〈工場見学受付〉〈出荷事務所〉〈営業・経理事務所〉などの案内が、全部鉛筆で表示されている。鉛筆の芯先が、行き先を示しているのだ。ホームセンターで購入した木製の杭(くい)に色付けしただけです、と社長はおっしゃるが、鉛筆のこの簡潔な形がいかにデザイン性に優れているかを、この案内板が表している。

ラボの扉を入ると、両側には、もくねんさんで作られた粘土細工が壁一面を覆うほどに飾られていた。おとぎ話の一場面を再現したジオラマもあれば、花びらの一枚一枚が繊細に表現されたお花のプレートもある。三角帽子の小人や星や動物たちがびっしり飾り付けられた、クリスマスツリーのような塔もあった。多くが社長のお母様の作品、というのだから驚きだ。

ちなみに、おがくずを材料にしたこの粘土が、サスペンスドラマの重要な物証として使われ、北星鉛筆が撮影現場になったことがあったらしい。被害者の爪から木の粘土が発見され、その木が鉛筆の材料だと判明し、犯人逮捕に結びついてゆくというストーリーだった。

ラボの中は、もくねんさん、ウッドペイント、鉛筆作りのキットなどを用いて子どもたちが工作をしたり、映像を使って鉛筆について学べるスペースがあり、その周囲には鉛筆に関わるさまざまな資料が展示されている。そうした展示物、テーブルや椅子、小さな備品に至るまで、人間の手の温かみが感じられる。やはり、基本的なところに、自然の木を扱うという姿勢があるからだろうか、とても居心地のいい空間になっている。

中でも最も心惹かれるのは、片隅にたたずむ鉛筆地蔵である。ラボの見学に来た人が、短くなった鉛筆を胴体の穴に五本奉納し、感謝のお祈りをしたあと、足元にある新しい鉛筆を一本、もらって帰る。心持ち首をかしげ、目を細めて愛らしい笑みを浮かべるお地蔵さんだ。社長のおじい様が一〇一歳で亡くなった時、現会長が手作りされたらしい。お地蔵さんのお顔を見つめていると、その笑顔が北星鉛筆の精神を象徴しているように思えてきた。

さて、ラボを後にし、工場へ足を踏み入れた途端、木の匂いに圧倒された。ここまで説明をお聴きし、鉛筆の材料がすべて自然由来のものであることは十分承知しているつもりだったが、実際、現場を目の当たりにすると、全身で森の精気を浴びるようだ。あらゆる機械が休みなく発する音も、決して耳障りではなく、波長が重なり合って、あたかも無音であるかのような錯覚さえ呼び起こされる。

工程はまず、アメリカで製材され、鉛筆材料用に加工された木の板に、溝を彫るところからスタートする。スラットと呼ばれるその板は、横七五ミリ、縦一八五ミリ、厚さ五ミリ。品番は7W。つまり元々は、七本の鉛筆を作るための板なのだが、先々代の社長、先ほどお話を聴かせて下さった相談役が技術改良し、同じスラットから九本の鉛筆を製造することに成功した。

「その分、精度を上げなければいけないので、一から機械を作りました。普通、木材加工には使わないような精度の高い研磨用スピンドル（軸）を使ったんです。五〇年以上も前のその機械が、今もまだ現役で動いています」

ここで今更ながら、鉛筆製造の流れについて整理しておきたい。なぜなら、スタート時点で早くも、自分が大きな勘違いをしていることに気づいたからだ。私は一枚のスラットに細いドリルで穴をあけ（九本なら九個の穴）、そこに接着剤を流し入れ、それが固まらないうちに芯を差し込むのだろうと思い込んでいたのだが、全くの間違いだった。鉛筆は二枚のスラットを重ねて作られる。

スラットに、芯を入れるための半円の溝を九本彫る。そこに接着剤を付け、芯を載せ、同じく溝を彫ったもう一枚のスラットを重ねて張り合わせる。それを六角形や丸や三角の軸に削って切り離し、九本の鉛筆にしてゆく。つまりは、一枚の板をくり抜くのではなく、二枚の板の間に芯を挟むのである。

溝を彫るための機械の脇に、大量のスラットが積み重ねられている。軽くて目の詰んだ、木の色としか言いようのない色合いをしている板だ。それが一枚一枚、順番にラインに流れてゆく。二個のローラーで傷を付けられたあと、黄土色のボックスの中に吸い込まれ、出てきた時には半円の溝が九本、等間隔で彫られている。この規則正しい動きは、いくら眺めていても飽きない。本来七本用のスラットに九本の溝を彫るのだから、誤差は許されず、機械の動きは精密に計算されているのだろうが、自然物である木の板は同じように見えてどことなく表情が異なり、ベルトの上を流れる時、ローラーの下に滑り込む時、出てくる時、微妙に個性的な動きをする。それが生き物めいて見え、心を引き寄せられるのだ。

機械自体はお世辞にも洗練されているとは言い難い。あちらこちら、ガムテープや段ボールや木片で補修され、微調整が施されている。黒光りする本体には、数えきれない時間を鉛筆のために費やしてきた、揺るぎない自信が染み込んでいる。機械そのものが、職人であるかのようだ。その動きには、コンピューター制御では生まれない、堂々とした美があった。

　続いて、スラットの溝に芯をはめ込む段階に移る。芯は細い棒により、ところてんのように押し出され、うまい具合に溝にはまってゆく。そうしてその上に、「パカリ」「パカリ」という心地よいリズムでもう一枚のスラットが載せられ、接着される。

　これを一旦乾燥させ、両端を薄く切り落として水平に揃える。一斗缶にその切れ端が大量に溜められている。薄い木片に九個の黒い点が規則正しく並んだ切れ端は、どことなく昆虫の卵を連想させ、思わず両手ですくい上げたくなる。しかし切れ端に見とれている暇はない。休む間もなく、六角、丸、三角、四角など軸の形に合わせて、片面ずつスラットを削るという重要な作業が待っている。そうしてこれを九本にカットしたところでようやく、一本一本ばらばらになった鉛筆が現れ出てくる。

文章で表せば単純そうに思われるかもしれないが、機械を見ていると、大変に複雑な動きが求められているのが分かる。削る、押し出す、はめる、接着する、切断する……。すべての動きの種類がばらばらで、力加減も繊細でなければならない。何しろ相手は、手のひらにおさまるほどの、小さな一本の棒なのだから、常に優しさが必要とされている。

その時気づいたのだが、スラットなど材料を入れる箱は木製だった。プラスチックが幅を利かせている現代にあって、最近ではあまり見かけない、懐かしさを感じさせる箱で、〝とり箱〟と呼ばれるものらしい。角はすり減って丸みを帯び、所々ガムテープで補強され、相当に使い込まれている様子がうかがえる。やはり、材料が傷つかないよう、木製のものを使用するということだ。

この段階まで来ると、もちろん形としては鉛筆に間違いない。しかし製品になるにはまだ道のりは遠く、むき出しの姿はどことなく未熟で、心細そうに見える。そんな鉛筆未満たちは、互いに身を寄せ合いながら、ラインをコロコロと転がり、不思議なV字形、逆三角形をした入れ物に収納されてゆく。V字の先端から、鉛筆が三角形に積み重なってゆくのだ。これにより、段数を数えるだけで本数が分かる仕組みになっている。一〇段なら五五本、一一段なら六六本、一二段なら七八本、という具合だ。鉛筆に必要なのは重さではなく、本数なのである。

これもまた手作りだった。木の板が組み合わさったその入れ物は、鉛筆の専門家により、鉛筆を扱うのに最もふさわしい形状で作られている。単に板を斜めにしてV字を作っているわけではない。細部に製品を傷めない工夫が施され、尚かつ正確な本数が数えられるような角度が保たれていた。長い年月、鉛筆を受け止めてきた証拠を示すように、背面には雲のような、ヒトデのような味わい深い模様が浮き出していた。

従業員の皆さんは、それぞれの持ち場で黙々と作業に当たっておられる。使い込まれた機械や道具類に比べ、ずいぶんお若い方々が目立つように思う。

「四年ほど前に、工場長が引退しまして、そこから若い人が増えました。一番たくさんいた団塊の世代が七〇を過ぎて、ちょうど入れ替わりの時期だったんです。私も今年の四月に交代して、社長になったばかりです」

しかしいくらお若いとはいえ、鉛筆をさばく皆さんの手つきはあまりにも見事で、つい感嘆のため息が漏れてしまうほどだ。必要な分だけをさっと一摑(つか)みにし、きれいに揃えて次の段階へ移動させる。大胆かつ優美で、余計な動きがどこにもない。鉛筆を大事に思う気持ちが、指先の表情に表れている。こういう指先に扱ってもらえる鉛筆は幸せだ。きっとヘンリー・ソローの手つきも、こんなふうだったのだろう。

次は二階へ移動し、塗装の作業を見学させていただく。軸にさまざまな色を塗ってゆくわけだが、ここでもまた予想を超える細やかな作業が待っていた。塗料は一本につき六〜七回も重ね塗りされるのだ。ちょうどその時は白い塗料が使われていた。鉛筆たちは二段になったベルトコンベヤーの上を流れてゆき、塗料の入った金属容器の中へ、横方向に侵入する。真っ白の液体を全身で横切る形となった鉛筆は、塗料を滴らせながら、容器の出口から姿を現したかと思うと、すぐさま、ゴムの輪っかを通過する。このゴムによって、余分な塗料をしごき取るのである。しごき落とされた塗料は下に置かれた入れ物に溜まる仕組みになっている。

実によく考えられた装置だ。塗料を落としすぎず、適切な量を残すためのゴムの輪に、どれほどの試行錯誤があるか。ゴムの強度、直径、角度。すべてがきっちり決まらないと、ムラになったり、削り心地が悪くなったりするのだろう。鉛筆たちは皆、安心しきった様子でベルトコンベヤーに身を任せている。何回でも従順に塗料の海を潜り抜けてゆく。

ここまで来てもまだ最後ではない。ニスで仕上げたあと更に、芯の濃さを示すB、HBなどの記号を捺印する、マークや文字を箔押しする、模様を貼り付ける、消しゴムを取り付ける、端を切って決まった長さに揃える、色鉛筆の先を削る……。細やかな作業がたくさん残されている。

正直、普段何気なく使っている一本の鉛筆が、これほどの手間暇をかけて作られているとは、予想もできなかった。今まで、鉛筆の本当の姿に思いを馳せることもなく、ありがたさに感謝することもなく、手元にあって当然、という態度で接していた自分が、恥ずかしくなった。こうして私が反省している間も、鉛筆たちは文句一つ言わず、必要としてくれる人の手にたどり着けるまでの長い工程を、黙々と耐えていた。

最後、敷地内にある鉛筆神社にお参りさせていただいた。鉛筆の形でできた鳥居の脇に、短くなって使えなくなった鉛筆を供養するための塚が立っている。もちろん塚も鉛筆形である。色とりどりのお花が飾られ、丁寧に手入れをされているのが分かる。塚には、〝短くなった鉛筆ここに眠る〟という言葉が記されている。製造から、お別れまで、鉛筆への愛情が見事に貫かれているのを感じる。

例えば選挙の投票で鉛筆が使われるのは、シンプルな構造で、何の仕掛けもなく、誰でも使うことができるかららしい。書く、という目的、ただ一点のみに役目を集中させた、その潔さが格好いい。それでいて、ボールペンやシャープペンシルでは表現するのが難しい、「とめ」、「はね」、「はらい」という文字の特徴をきちんと書き表せるのだから、やはり人類が発明した素晴らしい道具であることに間違いはない。

一本の鉛筆で線を引いてゆくと、五〇キロメートルになるという。ボールペンでは一・五キロメートル、サインペンでは七〇〇メートル。この数字を見れば、鉛筆がいかに大きなエネルギーを隠し持っているか、明らかだ。五〇キロメートルにも及ぶ果てしない旅路を伴走し、自らは姿を消す。書きつけた人と、書きつけられたものにすべてを捧げ、自らは退場する。

その謙虚さに頭（こうべ）を垂れ、誠心誠意、鉛筆を作り続けて下さっている方々に感謝し、鉛筆神社に両手を合わせた。中指の胼胝を、そっと撫（な）でた。鳥居の向こうには、暮れはじめた空がずっと遠くまで広がっていた。

引用　『ヘンリー・ソロー　野生の学舎』
（今福龍太著、みすず書房、二〇一六年）

あとがき

私が生まれ育ったのは、お城にも県庁にも近い、岡山市の町中なのですが、空襲で焼け残った一画だったためか、妙に古びていて、雑多で、子どもには興味の尽きない雰囲気に満ちあふれていました。

お向かいは鉄工所でした。入口はいつも開け放たれ、中には工具類や鉄の塊や鉄線の束が無造作に散らばり、にぎやかな音があたりに響き渡っていました。道の表面が、そこの前だけ錆の色に染まって赤茶けているのが、特別な場所の印のように見えました。しかし何より私を夢中にさせたのは、顔の形に添う緩やかなカーブを持った四角いお面と、バーナーの先から飛び散る火花です。工員さんがお面を素早く顔に当てます。するとバーナーの火が一段と大きくなり、黒々とした鉄からパッと美しい火花が咲きます。線香花火などとは比べ物にならない明るさと勢いを持っています。それ自体が、自在に姿を変える魅惑的な生き物のようです。そしてその生き物を思うがままに操っているのが、お面姿の工員さんです。

目を守るためにやっているのだろうと、薄々気づいてはいながら、心のどこかでは、あれこそ秘密のお面に違いない、あれをつければたちまち、ウルトラマンや仮面ライダーのように無敵になれるのだ、と信じていました。子どもの私にとって工員さんは、見えない人類の敵を火花でやっつけてくれる、格好いい英雄でした。

道の反対側にしゃがみ込み、少女はいつまでも鉄工所を見つめていました。西日が射し込み、一段と輝きを増した火花の美しさと、錆と油の混じり合ったにおいが、今でもよみがえってきます。

小学校の通学路の途中には、クリーム色の高い塀に囲まれた、正体不明の工場がありました。鉄工所の前の細い道から、国道へ出るための、三角地帯のような場所に、それは建っていました。半端な高さではありません。地面からまず石垣が積み上げられ、その上にさらにコンクリートの塀がそびえていて、石垣だけでも小学生の身長をゆうに超えています。絶対に、何があっても、中を覗かれてはならない、という強い意志が伝わってきて、恐ろしいほどです。

でも、塀よりもっと怖かったのは、そこから漂ってくるにおいでした。胸がうっとする、あるいは目がちかちかする、酸っぱいような、もやもやしたような、濃密で重苦しいにおい。決していいにおいではないのですが、化学物質の気配はなく、自然由来のものだろうという予測は立ちます。けれどだからといって、頼まれても胸一杯に吸い込みたくはありません。

一体、そこで何が作られているのか。ヒントは、塀からかろうじてはみ出した、円柱形の煙突だけです。くすんだ灰色をして、所々、ひびが入ったり欠けたりしています。そこから煙が出ているのを見たことは一度もありません。もしかしたら、煙突に見せかけた、もっと危険な装置だったのでしょうか。そこには側面に、何やら漢字が書かれているのですが、難しすぎて解読不能です。

子どもたちは足早に三角地帯を通り過ぎます。考えまいとしても、そのにおいから逃れるすべはありません。これは町の人々に催眠術をかけるための、薬を製造する工場ではないだろうか。風向きを読み、濃度を計算しながらにおいを発散し、少しずつ人々の心に侵入して忠実なロボット化を図っているのだ。秘密を守るため、最も薬の効きやすい体質の人間がこっそり誘拐され、工場で働かされている。白衣に三角巾、長靴姿で、危険な液体をかき混ぜたり、調合したり、別のタンクに移し替えたりさせられている。高濃度の気体を吸い込んでいるため、心は弱り切って、もはや元に戻る希望はない。自分もいつ、目をつけられ、誘拐されるか……。

妄想は膨らむばかりです。一刻も早く三角地帯を通り過ぎるために、走る速度を上げます。塀と煙突が目に入らないよううつむき、制服の袖口で鼻を覆います。それでもなお、私の頭の中に刻まれた秘密の薬品工場では、延々と謎の液体が生産され続けています。

用水路を挟んで家の北側にあった縫製工場（鳴り響くミシンの音が、人類の行進のように勇ましかった）。田んぼの真ん中にあったアイスクリーム工場（どうせ誘拐されるなら、断然こっちの方がいいと思っていた）。お習字教室へ行く途中にあったイグサ工場（入口につながれていた凶暴な犬が子犬を生み、更に凶暴になった）……。

子ども時代の記憶に残る工場の思い出は、たくさんあります。驚異、畏怖、感嘆、陶酔。工場の前に立ち、あらゆる感情を味わいました。工場はありふれた日常の中に潜む、圧倒的な世界の秘密でした。世界は自分が思うよりずっと広く、人間は私が想像するよりずっと偉大な働きをしている。鉄工所の火花を見つめながら、謎の工場のにおいにむせながら（高学年になり、煙突の漢字が読めるようになった時、そこはお酢の工場だと判明しました）、無意識のうちに私は、大事な真理を感じ取っていたのかもしれません。

長年抱き続けている工場への思い入れを、本の形にして記したい。子どもの私が味わったあの瑞々（みずみず）しい体験を、作家になった今の自分の言葉でよみがえらせてみたい。本書はこうした素朴な願いからスタートしました。

工場とはつまり、何かを作るところです。こんなもの、どうやって作るのだろう、と不思議に思う何か。製造されている現場など思い浮かべもしないで当たり前に使っている何か。そんなもろもろすべてが、こうしている間にも、この世のどこかにある工場で、人知れず製造されているのです。

ものを作る、という行為は、他のどんな動物にもない、人間だけが獲得した能力です。工場にはさまざまな魅力が詰まっています。建物自体の面白さ、独自の秩序、機械や道具類の精密さ、製品に対する情熱、誇り、そして人間の手の繊細さ。挙げていったらきりがありません。たとえ無機質なほどに整備され、管理された工場であったとしても、ものを作る現場である以上、そこはやはり人間の知性と感情が詰まった場所と言えるでしょう。ならば取材して書く価値があるはずだ。という結論に達したのです。

取材の進め方は実に贅沢なものでした。どんな工場を選ぶか、基準などありません。「なんて面白そうなんだろう」と思う、そのことだけが大事なポイントでした。ですから、計画をきちんと組み立ててスタートしたわけではなく、その都度、「次の工場見学は、どうしましょうか」という感じで編集者と二人、自由に進めていったのです。

金属加工（大阪）、お菓子（神戸）、ボート（滋賀）、乳母車（東京）、ガラス加工（京都）、鉛筆（東京）。改めて取材先を順番に並べてみると、心惹かれる共通の要素が見えてくるように思います。時代の最先端でぐいぐいやっている、というよりは、たとえ目立たない場所であっても、派手さはなくても、地道にものづくりに取り組んでいる。どんなに時代が変化しようとも、人間にとって変わらず必要なものを作り続けている。結果的に、お世話になったのは、そういう工場ばかりでした。

さて、こんな調子ですから、見学がスタートしてから本になるまで、五年近くの歳月が流れてしまいました。本当はもっとてきぱきとやるべきだったのかもしれませんが、一つ一つの工場見学があまりにも印象深く、心打たれる出会いであったため、「はい、次」と、機械的にスケジュールをこなすようなやり方がそぐわなかったのです。一つの工場との出会いをじっくりかみしめ、原稿にし、次の準備を整えるには、それ相応の時間が必要でした。

ところが、ようやくすべての工場の取材を終え、本の制作に入ろうとした矢先、新型コロナウイルスによるパンデミックという、思わぬ事態が生じました。目に見えない、正体不明のウイルスの出現により、人間は直接会って言葉を交わすというコミュニケーションの根本を奪われ、社会のありようは日々変化を強いられています。

本をまとめるにあたり、コロナ禍の影響について、六つの工場に連絡を取ったのですが、急激な変化に対応するためのご努力を続けながら、同時に未来につながるチャンスをつかもうとされているご様子がうかがえ、改めて、ものづくりの底力を見せられるようでした。人間が、人間にとって必要なものを作る。どんなに時代が移り変わろうとも、この基本は不動です。今回の荒波の中でも、皆さん、その誠実さを失わず、作る、という最も根源的で重要な営みに向き合っておられます。六つの工場に出会えてよかった。今、しみじみと、自らの幸運をかみしめています。

すべては株式会社エストロラボからはじまりました。屋号の〈細穴屋〉、の方が工場の雰囲気をよりよく表しているかもしれません。私の中では、細穴屋さん、として定着しています。

社長の東山香子さんの活力あふれるお姿は、今でも印象深く残っています。結果的に、六つの工場のうち、女性の社長さんは東山さんお一人でした。女性だけで起業し、子育てや介護がハンディとならず、当然のごとく仕事と両立できる働き方を実践されていました。どうすれば女性が男性と平等な働き方ができるのか。延々と引き継がれている問題が、法律の整備も進み、社会の意識も変化した令和の時代になっても尚、解決しきれず、現場ではさまざまな困難が生じています。その困難にしなやかに立ち向かっている東山さんのお仕事ぶりは、今、目の前にいる従業員だけでなく、将来の働く人々の助けにつながるだろうと思います。

こうした東山さんの未来を見据えるエネルギーが、コロナ不況の時代にも生かされているようです。

〝機械の稼働が減っている中で出来ることとして、展示用の加工サンプル製作のアイデアを出し合い、一一月に開催される予定の展示会出展を目指して、会社案内のリニューアルを進めています〟

〝小さい会社の強みを生かして、何をどう展開していくかを含め、長期展望を社員全員で考えていこうと思っています〟

いただいたメールからは、コロナの時代を経たからこその、細穴屋さんの未来が見える気がします。

東大阪の町工場で、今も誰かが金属に穴をあけ続けています。目立たない場所に隠れた、決して疎(おろそ)かにできない仕事をやり遂げる人がいるからこそ、この世界は成り立っているのです。ものづくりへの尊敬の念からはじまった取材の第一回が、ものを作ることの基本中の基本である穴をあける工場であったのは、必然であったと言えるでしょう。

本文に書いたとおり、子ども時代の記憶の中でも、お菓子工場は別格の地位を占めています。自分の家がお菓子工場だったらどんなにいいだろう、と夢を見ない子どもがいるでしょうか。江崎グリコ株式会社の見学工場、〈グリコピア神戸〉が、自分の住む町のすぐ近くにあるのに、出掛けない選択肢はありません。第二回は、一段と胸の高鳴る取材となりました。

当時、ポケモンのキャラクターをキャッチするゲームが流行っていて、グリコピアに到着して早々、ご案内下さった担当の方が、

「〈ポケモンGO〉はなさっていますか。創設者の銅像の近くに、珍しいキャラクターがいるらしいので、もしよろしかったらどうぞ」

とおっしゃったのが、忘れられません。さすが、お菓子のために生涯を尽くした創設者の銅像には、子どもたちが喜ぶ貴重な生き物も、近寄ってくるのでしょう。

私が一番うれしかったのは、グリコのおもちゃ（おまけではありません）が、歴代ほとんどすべて、きちんと保存、展示されていたことです。まるで自分の思い出が、大切にされているかのようでした。ここへ来れば、遠い昔の自分に出会える。そんな気持ちを抱きました。

思い出を守ることとは、その人自身を尊重することと同じです。グリコピアに展示されて

いたおもちゃの一個一個に、どれほどたくさんの人々の、かけがえのない思いが込められているか、はかり知れません。グリコの人々は、お菓子を作りながら同時に、思い出を贈っているのです。

二〇二〇年の東京オリンピック・パラリンピックは延期になってしまいました。桑野造船製造のボートが使用されるかもしれないからと、ボート競技を楽しみにしていたのですが、残念なことです。

桑野造船株式会社には、スポーツに関わる人たち特有の、さわやかさとたくましさがありました。とても居心地のいい工場でした。ですから尚いっそう、コロナの影響が心配でした。

小澤哲史社長からは、ご丁寧な状況説明のメールをいただきました。やはり、部活動や大会が中止、延期となり、艇やオール、部品の受注が落ち込んだそうです。活動自粛により、完成した艇を艇庫へ運んで引き渡せない、という事例も多発し、売り上げは減少しましたが、七月に入って少しずつ回復をみせているようです。

〃一番気になるのは、はたして、スポーツは「不要不急」なのか？　ということです〃

小澤社長はそう自問されています。そのうえで、大会やレースに出ることに帰結するだけではない、ボートのあり方について、考えておられるご様子でした。

コロナの影響を受けない業種はないのだなと、実感させられます。見事なスピードで川の上を滑ってゆく、流線形のボートと、目に見えないウイルス。一見、何の関わりもなさそうですが、結局は、同じ地球上に存在するもの同士。無関係ではいられないのでしょう。

今回のコロナ禍は、ボートとは何か、スポーツとは何かという、根源的な問いを投げかけてきます。明確な答えは出ないと分かっていながら、やはり、避けては通れない問いなのです。しかしこの問いを考え抜いた先に生まれるボートは、以前のボートと、決して同じではない、と私は思います。

四つめにお邪魔したのは、大型乳母車を製造する五十畑工業株式会社でした。時折、町中で見かける、子どもたちがたくさん乗った大きなワゴン形の乳母車は、私にとって幸運の印です。これに出会えた日はいいことがある、という明るい気分にさせてくれます。

実際の工場は、私のイメージを裏切らないどころか、予想を超える高い理念に支えられていました。赤ちゃんや高齢者や病を抱えた人など、助けを必要とする少数の人々の切実さに応えてゆく。この考えが、製造の現場の隅々まで行き渡っているのを実感しました。

私が最も心を動かされたのは、従業員の方が口にされた、自分の作ったサンポカーを町で見かけるとすぐに分かる、という言葉でした。何であれ、仕事をする人間にとって、これほどうれしい体験があるでしょうか。自分の作ったものが、お客さんの手に渡り、ちゃんと役目を果たしている瞬間を目撃する。そこには、金銭的な報酬を超越した恵みがあります。ああ、自分はこういうことのために仕事をしてきたのだ、と思える瞬間です。

コロナの危機により、社会はさまざまな脆(もろ)さを露呈しています。弱者、と呼ばれる存在は、ある固定された枠の中に閉じ込められているのではなく、社会のあらゆる場所に潜んでいる。誰もが、思いも寄らない局面で、弱者になる。弱者という立場と無縁でいられる者は、一人もいない……。コロナに関連する差別のニュースなどを耳にするたび、五十畑工業のサンポカーを作っていた方々を、思い出しています。

二〇二〇年は、オリンピック・パラリンピックだけでなく、全国のお祭りも次々中止となり、京都の祇園祭でさえ、例外ではありませんでした。山鉾を飾るタペストリーの、ガラス装飾を作っているとおっしゃっていた山口硝子製作所の皆さんはお元気だろうかと思っているところに、副代表の山口信乃介さんからメールが届きました。取材した当時、八〇歳を超える大ベテランだった職人さんが二〇一九年末に引退され、二〇二〇年春、二六歳の新人の方が入社されたそうです。一心に作業台に向かっておられたそのベテランの職人さんに年齢をお尋ねしたら、恥ずかしそうに口を濁されたのを、思い出します。地道な修行を必要とするガラス職人の世界では、年齢などたいした意味はなく、大事なのはあくまでも腕、ということだったのかもしれません。

二六歳の新人さんにお目にかかる機会はありませんが、今も記憶に残るあの工場の中で、懸命にガラスと格闘していらっしゃるだろうその様子が、目に浮かんでくるようです。

〃ガラス職人に必要なのは、器用さよりも想像力〃
これもまた、忘れ難い言葉の一つです。考えてみれば、人間だけがものを作る動物である、ということはつまり、人間だけが想像力を持つ、ということとイコールのはずです。刻々と変化するガラスの、一瞬先を想像しながら手を動かす職人さんの視線は、生気にあふれていました。あるべき未来の形に向かって、視線とガラスが一体となっているかのようでした。人の手と、想像力によって生み出されるガラスにどれほどの可能性があるか、山口硝子製作所は教えてくれました。
六つめの取材先は北星鉛筆株式会社でした。もちろん、いつか終わりが来るのは分かっていましたが、すべての取材を終え、鉛筆神社に手を合わせ、工場を後にした時には、何とも言えない寂しさがこみあげてきました。
穴、お菓子、ボート、乳母車、ガラス、鉛筆。どれも、特殊なものではありません。誰もがその形をすぐに思い描ける、一度は触ったり食べたり乗ったりしたことがあるはずのものばかりです。しかし、工場を見学したあとには毎回、自分でも驚くほどに認識ががらりと変わりました。一旦、工場に足を踏み入れたあとではもはや、それは単なる穴でもなければ乳母車でもなくなるのです。

そして鉛筆もまた、例外ではありませんでした。

〝減った分だけ、何かを生み出している〟

鉛筆を通し、犠牲の精神に触れることになろうとは、予想もしていませんでした。漢字の練習をする、算数の計算をする、英文を書き写す、デッサンをする、文章を書く。人々にさまざまな可能性を与えながら、自らは消え去ってゆく。やがて消えてゆくものを、丁寧に作り続ける。北星鉛筆の工場で味わった静かな感動は、日々言葉を書きつける仕事をしている私にとって、特別なものがありました。

一番の鉛筆の使い手である小学校が休校になったため、四月、五月、六月のお仕事は今までにない影響を受けたそうですが、一方で、ステイホームにより、お家での手作業が見直されたのか、手芸のチャコペンシルの注文が好調だったようです。

来年の新入学向けの鉛筆製造は、既に七月からはじまっているとのこと。生まれて初めて字を覚えるため、一年生たちは、小さな手で鉛筆を握るでしょう。その手にあるのは、単なる鉛筆ではなく、無限の未来なのです。

今は、子どもの頃からの夢が叶った気分です。少女の私が、わけも分からないまま鉄工所の前で立ち尽くし、何ものかに心奪われた、あの体験は決して無駄ではなかった。自分は確かに世界の偉大な一部に触れたのだ。と、この一冊を通して証明できたと確信しています。

改めまして、取材にご協力下さいました工場の皆様方に、心より感謝申し上げます。おそらく、小川洋子が工場を見学して文章を書きたがっている、といきなり言われても、何が何だかよく分からず、戸惑われたことでしょう。怪しい者と思われても仕方ありませんでした。しかし皆様、快く取材に応じて下さいました。お忙しいお仕事の合間にお邪魔しているにもかかわらず、嫌なお顔一つ見せず、それどころか私の質問以上の内容にまで深く踏み込んで、とことんまでお付き合い下さいました。毎回、皆様の熱意に打たれ、恥ずかしい原稿は書けない、という気持ちになり、身が引き締まるようでした。

皆様の熱意の源は、それぞれが関わっておられる製品への妥協のない探求心、尽きることのない誠意、だと思います。それは六つの工場すべてに共通して感じたことです。

ものを作るのは、何て素晴らしいことだろう。

今、そんな単純な、しかし重要な感慨を覚えています。工場で作業に当たっておられた方々は皆、美しい姿をしておられました。一心で、正確で、無駄がなく、静かでした。小説を書いている時の自分は、果たしてこうだろうか、と自問せずにはいられませんでした。

今も世界のどこかで、誰かが何かを作っている。この想像が、どれほど私の救いになっているか知れません。いくら感謝しても、しきれない気持ちです。

最後になりましたが、編集者の平野哲哉さんには、粘り強く支えていただきました。平野さんの励ましがなければ、ここまでたどり着くことは到底できなかったでしょう。ありがとうございました。

そして本書を手に取って下さった皆様が、ページをめくりながら、少しでも楽しく、工場の世界を旅して下さったら、と願っております。

二〇二〇年初秋

小川洋子

細穴の奥は深い

株式会社エストロラボ〈屋号 細穴屋〉

〒577-0024 大阪府東大阪市荒本西4-2-25
https://estrolabo.com/

2006年設立の大阪府東大阪市にある細穴放電加工の工場。
オンラインショップも展開。

お菓子と秘密。その魅惑的な世界

グリコピア神戸

〒651-2271 兵庫県神戸市西区高塚台7-1
https://www.glico.com/jp/

菓子・食品製造および販売会社 江崎グリコ株式会社の
1988年開館の兵庫県神戸市にある菓子工場見学施設。

丘の上でボートを作る

桑野造船株式会社

〒520-0357 滋賀県大津市山百合の丘10-1
https://k-boat.co.jp/

1868年創業の滋賀県大津市にあるボート製造工場。
ローイングを愛する人の頼もしいパートナー。

手の体温を伝える

五十畑工業株式会社

〒131-0033 東京都墨田区向島1-29-9
http://www.isohata-swan.co.jp/

1927年創業の東京都墨田区にある
大型乳母車、介護用品の製造工場。

瞬間の想像力

山口硝子製作所

〒606-8386 京都府京都市左京区新丸太町通仁王門下ル新丸太町59
http://www.yamaguchi-glass.com/

1925年創業の京都府京都市にある
ガラス管の火炎加工とスリ研磨加工に特化した工場。

身を削り奉仕する

北星鉛筆株式会社

〒124-0011 東京都葛飾区四つ木1-23-11
http://www.kitaboshi.co.jp/

1951年1月設立の東京都葛飾区にある
鉛筆製造およびエコロジー商品の研究開発会社。

小川洋子 おがわ・ようこ

一九六二年、岡山市生れ。早稲田大学第一文学部卒。
八八年「揚羽蝶が壊れる時」で海燕新人文学賞を受賞。
九一年「妊娠カレンダー」で芥川賞受賞。
二〇〇四年『博士の愛した数式』で読売文学賞、本屋大賞、
同年『ブラフマンの埋葬』で泉鏡花文学賞を受賞。
〇六年『ミーナの行進』で谷崎潤一郎賞受賞。
〇七年フランス芸術文化勲章シュバリエ受章。
一三年『ことり』で芸術選奨文部科学大臣賞受賞。
二〇年『小箱』で野間文芸賞を受賞。
他に『薬指の標本』『琥珀のまたたき』『不時着する流星たち』
『口笛の上手な白雪姫』など多数の小説、エッセイがある。
海外での評価も高い。

そこに工場があるかぎり

二〇二一年一月三一日　第一刷発行

著　者　小川洋子

発行者　樋口尚也

発行所　株式会社 集英社
〒一〇一-八〇五〇 東京都千代田区一ツ橋二-五-一〇
電話 編集部 〇三-三二三〇-六一四一　読者係 〇三-三二三〇-六〇八〇
販売部 〇三-三二三〇-六三九三（書店専用）

印刷所　凸版印刷株式会社

製本所　加藤製本株式会社

定価はカバーに表示してあります。

 ISBN978-4-08-781694-5 C0095